그래도
마지막까지
삶을
산다는
것

일러두기

• 이 책은 한국호스피스·완화의료학회의 학회지 *Journal of Hospice and Palliative Care*에 2021년 12월 발표한 저자의 논문을 토대로 기획되었습니다. 논문에 관한 정보는 참고문헌에서 살펴볼 수 있습니다.

그래도
마지막까지
삶을
산다는
것

간호사들이 말하는
코로나 시대의
호스피스 병동

권신영 지음

여는 글

우리는 코로나바이러스감염증-19(이하 코로나19)가 전 세계 적으로 발병하고 있는 시대를 살고 있습니다. 갑작스러운 전 염병은 한국 사회 곳곳을 탈바꿈시켰고 의료 기관도 예외는 아니었습니다. 일반인들에게는 병원에서 간병 및 면회 기준 을 마련하여 보호자와 방문객 출입을 제한한 것이 가장 눈에 띄는 변화일 것입니다. 그중에서도 가장 큰 타격을 받은 곳은 호스피스 병동이 아닐까 싶습니다. 말기암환자가 생의 말기 를 가족과 함께하면서 임종할 수 있도록 돌봄을 제공하는 곳 이기 때문이지요.

호스피스 병동에서는 임종 시에도 참여할 수 있는 가족 인원을 제한하였습니다. 또한 꼭 필요한 외부인력인 요법치료사와 자원봉사자 등도 출입하기 어려워졌습니다. 그래서 다양한 요법 프로그램과 자원봉사자 활동은 최소한으로 축소되거나 비대면으로 진행됩니다. 영적 돌봄을 위한 종교 예식도 환자와 친밀한 성직자들이 이끌 수 없게 되었습니다. 환자의 임종 후 장례식도 소규모 가족만 참여할 수 있고, 사별가족 지지 모임은 무기한 중단된 상태입니다.

호스피스 병동이 아예 문을 닫기도 합니다. 2022년 1월 기준, 휴업 신고를 한 호스피스 전문 기관은 총 21곳입니다. 휴업한 병동의 간호사는 감염병 환자를 돌보거나 코로나19 관련 행정 업무를 돕는다고 합니다. 무엇보다, 삶의 마지막을 고통 없이 편안하게 보내고 싶은 환자들이 호스피스 병상 수의 부족으로 입원하기가 어렵게 되어, 기약 없이 대기하다가 응급실에서 임종을 맞이하는 상황이 생기고 있습니다.

이 책은 삶의 마지막 길을 함께해주는 호스피스 병동의 코로나19 시대 풍경을 일선 간호사의 눈으로 기록해보려고 했습니다. 그래서 코로나19 발생 이전의 병동 일상과 현재를 비교할 수 있는 경력 3년 이상의 간호사들을 인터뷰했습니다. 갑작스럽게 변화된 상황에서 임종을 앞둔 말기암환자와 그 가족이 겪는 현실을 함께해야 하는 호스피스 병동의 수많은 간호사들은 처음에는 무력함을 느꼈습니다. 그러다 호스피스란 무엇인지, 더 나아가 환자의 죽음과 가족의 임종은 어떻게 마주해야 하는지 하는 본질적인 고민을 하게 되었습니다. 인터뷰를 진행하면서, 현장에 있는 많은 간호사들이 쉽지 않은 조건 속에서도 호스피스의 철학을 지키며 고군분투하고 있음을 알 수 있었습니다. 그러면서 다시 호스피스 병동에서 환자들이 인간의 존엄성과 삶의 질을 유지하면서 평안히 임종하도록 돌봄을 제공할 수 있는 날이 돌아오길 간절히 바라고 있었습니다.

호스피스 병동과 간호사들의 생생한 현장 이야기들을 담은 이 책을 통해 많은 분들이 호스피스의 정신과 역할을 이해하고 공감할 수 있기를 바랍니다. 또한 삶과 죽음의 의미와 가치를 한 번 더 생각해보는 계기도 되었으면 합니다. 더 나아가, 연명의료 중단에 관한 환자의 의사를 존중하는 사회 분위기가 조성되었으면 좋겠다는 마음도 있습니다.

마지막으로, 인터뷰에 응해준 간호사들께 감사함을 전하고 싶습니다. 그분들은 오늘도 임상 현장에서 환자와 그

가족들과 함께했던 소중한 경험을 가슴에 채워가며 또 다른 추억을 만들어가고 있을 겁니다. 그리고 제가 호스피스 전문 간호사와 교수가 되기까지 사랑으로 헌신해주신 어머니와, 이 책을 위해 영감을 주고 도와주었던 많은 분들께도 깊이 감사드립니다.

2022년 3월

코로나 시대를 기록하며

권신영

차례

이 책을 읽기에 앞서

- 인터뷰에 참여한 간호사는 총 열여덟 명이며, 소속과 이름은 밝히지 않습니다. 요청에 따라 익명을 보장하기 위해 일부 정보는 모호하게 서술하였습니다. 다만, 독자의 혼란을 줄이기 위해 각 꼭지별로 간호사 1, 간호사 2 등으로 표기하여 구분했습니다.
- 이 책에 수록된 인터뷰는 2020년 12월부터 2021년 11월까지 진행된 것으로 현재 상황과는 다를 수 있습니다.

1장

호스피스
병동
소개

호스피스 병동과
사람들

이곳은 호스피스 병동입니다. 임종이 가까운 환자가 존엄한 죽음을 맞이할 수 있도록 무의미한 연명의료[+]를 대신하여 신체적 고통을 완화하는 의학적 치료에 더해 심리적, 사회적, 영적인 부분을 돌보는 곳이죠. 또 환자와 가족이 말기 진단을 잘 받아들일 수 있도록 돕고, 지속적인 상담을 통해 환자

[+]   연명의료란 임종 과정에 있는 환자에게 하는 심폐소생술, 혈액 투석, 항암제 투여, 인공호흡기 착용 및 그 밖에 대통령령으로 정하는 의학적 시술로서 치료효과 없이 임종 과정의 기간만을 연장하는 것을 말한다. 〔호스피스·완화의료 및 임종 과정에 있는 환자의 연명의료결정법에 관한 법률(이하 '연명의료결정법') 제2조〕

를 위한 계획을 세우는 곳이기도 합니다. 환자가 삶의 주체가 되고 얼마 남지 않은 여생에서 삶의 가치를 찾고 행복하고 의미 있는 시간을 보내며 잘 마무리할 수 있도록 돕는 역할을 하는 곳이라고 설명할 수도 있겠습니다.

현재 우리나라에서 호스피스 병동에 입원할 수 있는 대상은 말기암환자입니다. 2022년 3월을 기준으로 입원형 호스피스 전문 기관은 88개소, 1463병상으로, 우리나라 인구를 생각하면 아쉬운 수준입니다. 가정형 호스피스는 자신에게 편안하고 익숙한 공간인 가정에서 지내기를 원하는 말기암, 말기후천성면역결핍증, 말기만성폐쇄성호흡기질환, 말기만성간경화 환자와 가족이 선택할 수 있는 방식의 돌봄인데요, 보건복지부 지정 가정형 호스피스 기관의 호스피스 팀이 집으로 방문하여 호스피스·완화의료 서비스를 제공합니다. 자문형 호스피스는 일반 병동과 외래에서 진료를 받는 말기 환자와 가족이 호스피스 팀과 담당 의사에게 호스피스·완화의료 서비스를 받을 수 있는 방식입니다. 서비스 대상은 가정형 호스피스와 같습니다.

호스피스 병동의 공간

많은 사람이 '마지막' '죽음' '임종'과 같은 단어에서 떠올리는 것과 달리 호스피스 병동의 분위기는 쾌적합니다. 호스피스 병동마다 모습이 다르지만, 치료에 목적을 두고 완쾌 후 환자가 퇴원하는 일반 병동과는 달리, 생의 마지막까지 환자가 행복을 누리고 평안하게 머물러야 하는 공간이므로 병동의 위치와 시설 곳곳은 이러한 목적에 맞게 되어 있습니다.

한 곳을 예를 들어보겠습니다. 일반 병동과 구분하는 유리로 된 자동문이 열리면 식물과 꽃을 심은 편백나무 화분과 파스텔 톤의 벽면이 보입니다. 병동 구석구석에 벽화와 미술작품이 자리하고, 작은 실내정원도 눈에 들어오죠. 실내정원은 작지만 환자가 휠체어를 타거나 침대에 누운 채잠시 휴식을 취하며 가족이나 지인들과 대화를 나누기에 좋습니다. 물론 면역력이 약한 환자들이 머무는 공간이므로 이곳은 잘 관리하여야 합니다.

실내정원을 지나면, 간호사실 데스크가 보입니다. 너스 스테이션이라고 부르기도 하죠. 간호사실은 필수 설치 공간으로, 간호사가 입원실, 임종실, 기타 여러 부서 등에서 걸

려온 전화를 받거나 회진을 마친 의료진이 환자에 대해 의논하는 모습을 볼 수 있습니다. 환자를 만나러 온 친지와 지인도 보입니다. 호스피스 병동 간호사는 이곳에서 환자와 가족, 간병인이 언제든 도움을 받을 수 있도록 3교대로 근무하며 환자 상태는 어떠한지, 어떻게 간호했는지를 기록하고, 여러 업무를 인수인계합니다.

처치실은 간호사실과 인접하지만, 주사용 기구와 소독 기구, 드레싱 세트, 수액 거치대 등 처치에 필요한 장비와 마약 및 향정신성의약품을 보관하므로 반드시 공간을 구분해야 합니다. 특히 말기암환자의 신체적 고통을 완화하기 위해 마약 및 향정신성의약품의 처치가 이뤄지고 있어 이중 장치가 된 철제금고에 이러한 약품을 보관하고, 약품 분실을 막고, 모니터링할 수 있도록 CCTV를 설치하여 녹화합니다. 일반 병동 처치실과 다른 풍경 중 하나입니다. 간호사는 약국에서 올라온 약을 '카운트'하고, 약제를 준비합니다. 금고에서 마약성 진통제를 꺼내면 장부에 기록하는 것도 잊지 않습니다.

간호사실 옆쪽에 있는 상담실은 수간호사나 담당 간호사가 호스피스 병동에 입원하기 전인 환자와 가족을 상담하거나 입원 중인 환자의 경과 또는 임종에 관해 환자 가족과 조용한 상담이 필요할 때 이용합니다. 기관마다 분위기가 다를 수 있지만, 면담이 가능한 편안한 분위기의 프라이버시가 보장되는 독립적인 공간이어야 합니다. 경우에 따라서는 간호사실 안쪽 수간호사의 사무 공간에서 면담하기도 합니다. 많은 보호자가 상담실에서 면담하자고 하면 환자 경과가 나빠진 것이라고 생각해서 피하고 싶어하지만, 이미 환자가 말기 상황에 놓여 있으므로, 말기에 나타나는 증상과 의료진의 처치, 가족의 대처에 관해 궁금해하기도 합니다. 환자 가족과 초기 상담을 할 때는 환자가 암 진단을 받고 항암 치료를 받았던 일, 말기라는 의료적 상황에 대해 설명을 들었을 때 가슴이 무너졌던 감정, 환자의 임종이 예견되는 상황의 슬픔을 주로 이야기합니다. 이때 환자의 가족이 슬픔을 감추지 못하고 울면 충분히 울 수 있는 시간을 주며 침묵하기도 합니다. 이 과정을 거친 뒤 호스피스 서비스에 대한 설명과 환자 컨디션과 돌봄 방법에 관한 이야기를 이어갑니다. 그리고 상담 내용을 충분히 이해하였을 때 호스피스 병동에 입원한 것에 대해 안도하기도 하고 또 다른 희망을 갖기도 합니다.

임종 상담은 임종이 임박할 때 한 번으로 끝나는 것

이 아니라, 임종이 임박하기 이전에 적절한 시점이 되면 환자와 가족이 임종을 준비할 수 있도록 교육하는 것입니다. 임종 상담에서는 죽음이 삶의 자연스러운 한 부분이라는 점을 설명하고 가족이 느끼는 환자의 상태 변화, 죽음에 대한 인식 정도를 파악하며 임종 시 나타날 수 있는 환자의 증상 및 징후에 대해 설명합니다. 임종 시 대처 방법과 장례, 장지 등 실질적인 준비를 할 수 있도록 정보를 제공하기도 하죠. 또한 임종 후 사별의 슬픔을 어떻게 대처해야 할지도 교육합니다.

대부분 초기 상담을 할 때에 환자와 가족이 임종을 얼마나 받아들이고 있고, 대처하고 있는지 살피며 장례는 어떻게 준비를 하고 있는지 묻습니다. 이때 준비 정도에 따라 이후 돌봄과 임종 상담의 방향을 설정하죠. 장례에 관한 환자의 의사를 확인하고, 환자의 의사와 가족 의견이 일치하는지도 확인합니다. 영정 사진, 수의 등을 준비했는지에 대해서도 상담 시에 살핍니다. 임종의 장소는 병원인지 집인지, 장례식장은 본원인지 타병원인지, 장례예식은 어떻게 진행할 건지, 장사(매장, 화장, 화장 후 납골, 수목장, 잔디장 등)는 어떻게 할지, 장지는 어디인지에 대해 파악합니다.

간호사실을 지나 수액, 알코올, 주사, 환자 약 등이

실린 카트를 밀고 입원실에 들어가는 간호사를 따라 시선을 돌리면, 입원실과 가족실, 목욕실, 프로그램실 등과 닿아 있는 복도가 보입니다. 이 복도에는 간호사와 의사, 환자와 보호자뿐만 아니라 성직자와 봉사자 들이 오가죠. 기타를 메고 입원실로 들어서는 음악치료사가 눈길을 끕니다. 입원실은 병동당 29병상 이하로 구성되어야 하며, 각각 4인실 이하, 1병상의 면적은 6.3제곱미터 이상, 병상 거리는 1미터 이상(신·증축 시 1.5미터)이라는 원칙에 따라 일반 병동에 비해 쾌적합니다. 말기암환자들이 있는 곳이니만큼 흡인기와 산소발생기를 갖춰야 하며, 1인용 입원실도 1개 이상 있어야 하는데, 임종실은 별도의 필수 시설로 병상 수에 포함되지 않습니다. 간호사실과 연락을 주고받을 수 있는 통신장치는 환자의 손에 닿을 수 있는 거리에 있어야 하며, 병상마다 설치해야 합니다.

입원실에서는 환자와 가족이 회진을 기다리고 있습니다. 컨디션이 괜찮은 환자는 프라이버시 커튼을 열고 기다리고, 컨디션이 안 좋거나 임종이 가까운 환자들은 그대로 커튼을 친 채 조용히 기다리죠. 회진할 때 환자의 컨디션이 좋으면 미술치료나 원예치료 시간에 만든 환자의 작품에 대한 이야기도 하는 등 일상적인 대화를 나눕니다. 하지만 환자의 컨디션이 좋지 않을 경우 환자의 손을 잡아주거나 가족을 위로하기도 합니다. 그리고 환자의 의료적 상태가 좋지 않아 임종이 예견될 때는 환자 가족과 환자 침상 곁에서 이야기하지 않고, 병실 밖에서 면담을 합니다. 환자 의식이 명료하지 않은 경우라 할지라도 환자가 듣고 있으니까요. 담당 의사는 보호자를 충분히 위로하고 공감한 뒤 환자의 활력징후, 소변량이나 호흡 등의 변화가 어떤 의료적 상태인지 설명합니다. 다른 가족들도 이런 상황을 알고 있는지, 환자 상황에 대해 면담이 필요하다면 누구와 해야 하는지 등을 묻습니다. 그리고 다인실(4인실 이하)에서 임종실로 옮기는 게 좋겠다고 이야기합니다. 그런 다음 간호사가 이어받아 이후 상황을 돕습니다.

회진 후 처치를 위해 온 간호사에게 환자가 말을 걸지만, 환자의 목소리가 잘 들리지 않자 간호사가 환자에게 가까이 다가가 몸을 낮춰 이야기를 듣습니다. 그 입원실로 미술치료사가 오자 활짝 웃으며 반기는 환자의 보호자도 보입니다. 다른 입원실에서는 환자의 세례식을 위해 방문한 목사와 자원봉사자들이 찬송가를 부르고, 또 다른 입원실에서는 환자의 부은 발을 마사지하는 자원봉사자가 있습니다. 입원실을 나오면 자원봉사자의 도움을 받아 목욕침대에 누워 목욕실로 이동하는 환자가 보입니다. 목욕실에는 앞치마를 입고 장화를 신은 채 환자를 반기는 자원봉사자가 대기 중입니다. 목욕을 마치고 나와 입원실에서 젖은 머리를 드라이하고, 네일케어를 하는 자원봉사자와 함께 매니큐어 색상을 고르는 환자도 보입니다. 전문적인 기술로 환자의 머리를 다듬거나 자르는 자원봉사자의 모습도 보입니다.

환자와 가족의 휴식 및 편의를 위한 필수 시설인 가족실에는 환자와 가족이 함께 요법치료를 하며 만들었던 미술작품이 걸려 있습니다. 여기에서 환자의 가족은 TV를 보거나 비치된 책을 보며 쉬기도 하고, 음식을 전자레인지에 데우거나 컵라면에 물을 부어 늦은 식사를 하기도 합니다. 환자 가족끼리 서로를 위로하거나 일상적인 이야기를 나누며 마음을 달래기도 합니다. 환자를 돌보느라 간밤에 잠을 자지 못한 보호자가 쪽잠을 청하기도 하죠. 그래서 좀더 쾌적한 휴식을 위해 안마의자나 공기청정기를 놓은 곳도 있습니다.

하지만 말기암환자들이 머무는 공간이므로 죽음은 피할 수 없는 일상입니다. 환자의 컨디션이 악화되어, 임종을 앞뒀다고 예견되는 시점(임종 3일 전)이 오면, 머물던 4인실에서 임종실로 이동합니다. 호스피스 병동의 필수 시설인 임종실은 환자의 임종 과정을 가족이 함께 보낼 수 있도록 돕는 공간입니다. 기관마다 다르지만 따뜻한 느낌의 간접 조명을 설치하고, 창도 철제 창틀보다는 나무 갤러리창으로 달아 안락한 분위기를 연출합니다. 창문을 열면 초록색 나무와 맑은 하늘도 보이죠. 임종 과정에서 환자와 가족이 이곳을 최대한 편안한 공간으로 느끼는 것이 호스피스 병동에 있는 모두의 바람이니까요. 그렇게 마지막 순간이 다가오면 환자의 손을 붙잡은 가족 곁에 간호사가 서 있습니다. 간호사는 가족과 함께 아로마 세정대(시트)로 환자의 몸을 닦아줍니다. 그러고 나서 환자와 가족에게 이별할 수 있는 시간을 주고, 종교가 있는 환자라면, 영적 돌봄을 받을 수 있도록 도와줍니다. 임종이 임박하면 더 연락할 가족과 친지, 지인이 있는지를 묻고, 임종을 지킬 사람이 누구인지를 확인합니다.

환자와 가족이 마지막 인사를 나눌 때는 가족이 환자에 대한 사랑과 감사를 충분히 표현할 수 있도록 자리를 피해줍니다. 가족들은 의식이 희미해지는 환자에게 '사랑합니다' '고마웠어요' '그동안 수고 많으셨습니다' '이제는 아픔도 슬픔도 없는 곳에서 다시 만나요' 등을 이야기합니다.

의사가 임종 선언을 하면, 슬퍼하는 가족이 보이기도 합니다. 임종 후 장례 절차는 환자와 가족의 문화적, 종교적 선호도에 따라 준비된 대로 진행됩니다. 대부분 시신을 운구하는 장례지도사가 임종실을 찾으며 장례가 시작됩니다.

호스피스 병동에서 필수 시설은 아니지만, 좀더 많은 평안과 웃음이 흐를 수 있도록 뒷받침하는 시설이 있습니다. 바로 프로그램실과 자원봉사자실, 호스피스실입니다.

프로그램실에서는 환자가 요법치료사와 가족들의 도움을 받아 그림을 그리고 식물을 돌보고 악기를 연주하고 무용을 통해 자신을 표현하는 등의 요법치료와 캐리커처 전시회, 결혼식, 생전 장례식, 생일잔치, 병동 음악회, 행복한 밥상, 설맞이 및 한가위 행사, 크리스마스 행사 같은 다양한 돌봄 행사를 진행합니다. 이 공간에서 사별가족 지지 모임과 호스피스 팀원들의 회의도 하죠.

호스피스 병동에서 의료진만큼 환자들에게 중요한 존재가 바로 자원봉사자들입니다. 앞서 언급한 것처럼 자원봉사자들은 병동 곳곳에서 환자의 신체적 안위를 돕고, 정서적·영적으로 지지해주며, 환자의 가족이 잠시라도 쉴 수 있도록 합니다. 그래서 자원봉사자실에는 입원 현황을 한눈에 볼 수 있는 게시판, 봉사자 유니폼을 보관할 수 있는 옷장, 회의용 테이블과 의자, 환자 돌봄에 필요한 물품을 보관하는 사물함 등이 있습니다. 소소하지만 자원봉사자들을 위한 커피와 차도 준비되어 있죠.

앞에서 잘 드러나지는 않았지만, 호스피스 병동이 원활하게 돌아갈 수 있도록 업무를 보는 사람들이 있습니다. 바로 호스피스 코디네이터와 사회복지사입니다. 호스피스실은 이들의 사무 공간으로, 여기에서 호스피스 병동에 입원한 환자와 가족을 위한 호스피스 사업을 계획합니다. 호스피스 코디네이터와 사회복지사는 돌봄 행사는 무엇을 하고 어떻게 할 것인가, 환자와 가족 상담을 통해 알게 된 심리·사회적 문제는 어떤 방식으로 도울 것인가 등을 고민하고, 의견을 청취한 다음, 마침내 행정적으로 뒷받침하여 실행합니다. 그래서 호스피스실에는 상담을 위한 작은 테이블과 행정 업무를 위한 사무용 집기가 놓여 있고, 환자와 가족, 호스피스 팀원 등이 오가죠.

호스피스 병동은 생의 마지막 여정을 앞둔 사람들을 위한 공간으로, 일반 병동에 없는 장소가 있으며, 이곳만의 규칙으로 움직입니다. 슬프고 어두운 곳이 아니며, 이곳을 택한 환자들이 살아 있는 동안 삶을 이야기하고, 인생의 전반을 되돌아볼 수 있도록 격려하며, 함께 살아가는 공간입니다.

호스피스 병동 사람들

이곳에 오는 환자들은 앞서 말했듯 통증이나 호흡곤란 같은 신체적 증상뿐만 아니라, 심리·사회적 문제나 영적 고통을 가진 경우가 많습니다. 그래서 의사나 간호사 같은 의료인만으로는 환자의 고통을 해결할 수 없어서 사회복지사, 요법치료사, 성직자, 호스피스 보조활동인력, 자원봉사자 등이 한 팀을 이룹니다.

호스피스 병동 의료진은 일반 병동 의료진과 그 역할이 조금 다릅니다. 의사는 환자의 상태를 확인하고, 그에 맞는 처방과 처치를 한다는 점에서는 비슷하지만, 그 목적이 치료(cure)가 아닌 돌봄(care)에 있다는 점이 다르며, 완치가 아닌 고통을 줄인다는 점에서 다릅니다. 의사는 호스피스 팀에서 중추적인 역할을 하며, 일반 의학 분야에 능통하고 통증 및 말기증상 관리에 능숙해야 합니다. 말기암환자 치료 전에 기본 정보 및 질병력과 연명의료계획을 파악하여 환자와 가족을 면담하고, 이를 바탕으로 증상을 어떻게 조절할지 등 돌봄 계획을 수립하죠. 환자와 가족 간에 치료 방향에 대한 갈등이 있을 때 최종적인 처방을 결정하기도 합니다. 환자의 임종을 선언하는 역할도 맡고 있죠.

　　호스피스 간호사는 간호의 목적을 돌봄에 둡니다. 환자가 입원하기에 앞서 환자와 가족을 만나 다방면으로 상황을 체크하고, 환자를 어떻게 간호할지, 앞으로 어떤 상담과 심리적 지지가 필요할지 계획합니다. 그다음 환자와 가족에게 어떤 변화가 있을지, 그 변화에 환자와 가족이 어떻게 대처해야 하는지, 대화는 어떤 방식으로 해야 하는지, 간호 계획은 어떻게 수립되어 있고, 임종은 어떻게 맞이할지 등을 충분히 설명합니다. 여기에 요법치료사, 성직자, 자원봉사자와 연계하며 돌봄 계획에 따라 간호합니다. 필요한 경우 사별 가족이 상담과 치료를 받고 다시 일상으로 돌아갈 수 있도록 하는 것도 간호사의 몫이죠.

　　호스피스 코디네이터는 교대 근무를 하는 병동 간호사와는 달리 상근을 하면서 호스피스 서비스를 기획하고 운영하며 관리하고 조정하는 역할을 담당합니다. 환자가 재원 기간이 만료되면 외부 호스피스 전문 기관과 연계하여 병원을 옮길 수 있도록 안내하기도 합니다. 한 기관에 재원할 수 있는 기간은 60일로, 다른 기관에 입원 대기를 걸어둬야 해서 입원 후 40~50일이 되면 전원(轉院) 상담을 합니다. 타 기관 외래 진료도 연계하고요. 호스피스와 관련된 각종 서식 및 보고 업무 관리와 호스피스 운영을 위한 물품을 관리하고, 사업에 필요한 예산 편성과 집행 등 관리 업무도 담당하고 있습니다. 호스피스 팀에서 팀원 간 의사소통을 조정하는 역할도 합니다. 기관에 따라 호스피스 코디네이터의 역할을 호스피스 전문 간호사가 담당하며, 병동 수간호사 또는 사회복지사가 담당하기도 합니다.

호스피스 병동에 오는 환자 대부분이 가족과 본인이 이곳에 오기를 선택한 경우입니다. 그러나 심리적으로 불안하고 두려운 것은 어쩔 수 없죠. 사회복지사는 어떤 점을 환자와 그 가족이 고민하고 있는지 상담해서 심리·사회적으로 지지해줍니다. 환자가 가족과 단절되었다면 화해할 수 있도록 돕기도 합니다. 다만 환자나 환자의 가족이 만남과 화해를 거부하고, 임종과 장례 참여를 거부하는 때도 있습니다.

이 경우 구청 등과 연계하여 나라장으로 무연고 장례를 치를 수 있도록 돕습니다. 그뿐만 아니라 어떤 사회적·경제적 문제가 있는지 살피고 돌봄 계획을 세울 때 반영합니다. 또한 다양한 프로그램을 통해서 이들이 남은 삶을 채워갈 수 있도록 노력합니다. 중증질환재난적의료비나 원내후원금 등 환자에게 필요한 경제적 지원을 연계하며, 호스피스 자원봉사자 관리도 합니다. 또 사별한 가족들을 위해서도 할 수 있는 일이 있을지 고민합니다. 떠난 사람에게 죽음이 끝일 수 있지만, 사별가족과 지인에게는 끝이 아니니까요. 그래서 특히 사별가족 지지 모임 참여를 독려하고, 모임을 통해 다시 건강하게 사회로 복귀할 수 있도록 돕습니다.

자원봉사자는 환자가 일상을 영위하는 데 실로 많은 도움을 줍니다. 의료진과 사회복지사, 성직자, 요법치료사, 때때로는 가족도 할 수 없는 일을 해냅니다. 호스피스 병동을 찾는 자원봉사자는 권역별호스피스센터나 호스피스 전문기관, 종교 단체 등에서 최소 10시간 이상 이론 교육을 받습니다. 호스피스·완화의료가 무엇인지, 말기암환자의 통증 등 신체적 증상은 어떻게 관리해야 하는지, 호스피스 자원봉사자의 역할과 자세는 어떠해야 하는지 등에 관해서 필수적으로 배웁니다. 그리고 선택적으로 아로마 마사지와 요법 프로그램 등에 관해 배울 수 있죠. 이렇게 이론 교육을 이수한 뒤 호스피스 자원봉사를 원하는 경우 면접을 통해 자원봉사자로 선발되며, 여덟 시간 이상 실습 교육을 받은 뒤 최종적으로 자원봉사자로 등록됩니다. 호스피스 자원봉사자는 봉사의 질을 향상시키기 위해 연 1회 보수 교육을 받아야 합니다. 모든 교육을 이수한 자원봉사자 중 많은 사람이 환자 혼자서 할 수 없는 목욕이나 샴푸, 면도, 손톱 관리, 미용 등 일상적인 부분을 책임집니다. 또 발마사지나 악기 연주, 합창과 같은 재능을 기부하기도 하죠. 거동이 불편한 환자가 미술, 음악, 동작, 원예 등 요법치료를 참여할 수 있도록 곁에서 보조하고, 설이나 한가위 같은 명절과 바자회 등 행사가 있는 날이면 이 행사를 잘 마칠 수 있도록 가장 적극적으로 도와줍니다. 산책을 함께하고 말벗이 되어주며, 병동 곳곳에서 실제로 가장 큰 활기를 불어넣는 구성원입니다.

　　　말기암환자의 가족은 환자만큼 정신적 고통을 느낍니다. 보호자 한 명이 24시간 환자를 돌보아야 할 경우, 몸도 마음도 지쳐서 이별을 제대로 준비할 시간이 주어지지 않겠죠. 호스피스 보조활동인력은 전문적인 교육을 받아 환자의 개인위생과 식사를 보조하고, 이동을 돕습니다. 정서적으로 지지해주기도 하고요. 이들은 고용하면 건강보험 혜택이 있어 일반 병동에서 부담했던 간병비에 비해 경제적 부담도 크게 줄어듭니다. 즉, 가족의 육체적·정신적 고통을 줄이고, 환자도 좀더 전문적인 돌봄을 받으며 평안한 여생을 누릴 수 있도록 돕는 역할을 합니다.

호스피스 병동
간호사의 하루

일반 병동 간호사처럼 호스피스 병동 간호사도 3교대 근무를 합니다. 병원에 따라 근무 시간은 조금씩 다를 수 있지만, 보통 오전 6시 30분부터 오후 3시 30분까지 초번, 오후 2시 30분부터 10시 30분까지 낮번, 오후 10시부터 다음날 오전 7시까지를 밤번이라고 해요. 여기에서는 초번을 기준으로 일과를 이야기하겠습니다. 분기별로 있는 사별가족 관리와 호스피스 서비스의 질 향상 활동, 의사와 간호사 등 필수 인력이 신체적·정신적으로 탈진 상태에 이르지 않도록 관리하는 일은 제외하였습니다.

오전 6시 30분: 출근과 인수인계

필수 장비인 흡인기, 산소발생기, 수액 거치대, 휠체어 등을 카운트하며 점검하고 기록합니다. 그다음 처치실 내에 잠금장치가 된 금고 안의 의료용 마약과 향정신성의약품도 확인하죠. 일반 병동에서도 마약성 진통제를 사용하기는 하지만, 호스피스 병동처럼 많은 양의 마약과 향정신성의약품을 처방하지 않아서 이 부분은 호스피스 병동과 일반 병동의 다른 모습입니다. 이후 밤번 간호사가 작성한 내용을 인수인계받아 환자 상태를 파악합니다.

오전 7시: 병실 순회

병실을 순회하며 인수인계받은 내용을 떠올리며, 환자 상태를 살피고 수액 주입 속도 등도 확인합니다.

오전 8시: 환자 돌봄

의사 처방에 따라 근무 중에 투약할 주사 약제 라벨을 출력하고, 주사제를 준비한 뒤, 환자의 활력징후를 측정하여 주사제를 투약합니다. 환자 상태의 변화를 수간호사에게 보고하기도 하죠.

오전 9시: 환자 돌봄

호스피스 병동에는 섬망이 있는 환자나 고령의 환자가 있는데, 이 경우 낙상의 위험이 큽니다. 그래서 낙상에 대한 고위험군으로 보고 관리합니다. 또한 거동이 어려운 환자는 장시간 한 자세로 누워 있어 피부에 지나친 압박이 가해지므로 욕창의 중증도를 확인한 다음, 자세를 바꿔주며 욕창 예방 활동에 신경을 씁니다. 환자의 활력징후를 측정하고, 약제를 투약하며, 간호기록지에 기록합니다.

오전 10시: 회진

의료진과 환자 상태에 관해 의논하며, 통증 및 증상 조절에 대해 추가 처방을 받습니다. 또 요법치료사와 함께 환자와 가족에게 요법치료를 할 수 있도록 중간 역할을 하기도 합니다.

오전 11시: 상담

이 시간에는 회진 이후 처방된 약제를 받아 추가 처방과 처치를 하며, 환자의 가족에게 환자 상태를 설명하고 돌봄에 관한 내용을 안내합니다. 경과 상담 중 환자와 가족이 영적 돌봄을 원하는 경우, 신앙 상담과 종교적 의식을 할 수 있도록 성직자나 사목자를 연결해주기도 합니다. 환자와 가족에게 의미 있는 삶이 무엇인지 질문하며 상담하기도 하고요.

임종이 예견되는 환자의 가족을 대상으로 임종 상담을 하기도 합니다. 임종이 가까워서 상담하기보다 호스피스 병동에 입원한 초기에 환자와 가족에게 초기 임종 상담을 하고, 환자의 상태가 변화될 때마다 임종을 준비할 수 있도록 상담을 진행합니다. 임종 상담은 임종 전 환자와 가족의 임종 및 장례 준비 정도를 평가하고, 임종 과정에서 나타나는 증상 및 환자의 생리적 변화를 살피고, 가족이 환자의 곁을 지킬 수 있도록 합니다. 임종 후 장례 절차도 안내합니다. 임종실로 옮겨야 할 때는 환자의 가족에게 이를 설명하거나, 평소 환자의 상태가 좋지 않은 경우 임종실로 전실할 수 있음을 안내해서 환자의 상태가 변할 때 임종실로 옮겨 함께 시간을 보내실 수 있도록 합니다.

오후 12시: 처치 및 돌봄

점심식사 시간은 따로 없습니다. 이 시간에 대부분 간호사들이 환자의 통증이나 증상 조절을 위한 처치 및 환자와 가족 돌봄에 시간을 보냅니다. 바쁘지 않은 날에 직원식당에서 식사를 할 때도 있지만, 간호사 휴게 공간에서 간단하게 빵이나 음료로 때웁니다. 바쁠 경우에는 식사를 못 하고 일하는 일이 많습니다.

오후 1시: 환자와 가족 교육

매주 또는 한 달에 한 번, 통증과 증상 관리, 자기 돌봄, 의사소통법 등을 주제로 환자와 가족을 교육합니다. 그 외에 일상적으로는 간호와 투약 내용에 대해 기록하고, 환자 활력징후 등을 다시 측정합니다.

오후 2시: 인수인계 정리

초번은 환자를 간호하며 근무 시간에 있었던 일을 인계하게 되는데요. 환자 상태를 파악한 내용과 간호 중재 및 활동을 자세히 보고합니다. 호스피스 병동에 입원한 새 환자, 임종 및 퇴원 환자 현황, 환자의 검사 결과, 약제 변경 사항, 가족 간병 상황, 가족의 정신적 심리적 상태, 영양과 식이 변경 사항, 간호부와 병동 전체 전달 사항 공지 등에 대해서도 인수인계를 합니다. 3교대 근무를 하므로 상세하게 환자 상태를 공유하고 파악하는 것이 중요합니다. 만약 환자가 통증이 심해져서 진통제를 증량하기로 계획되었는데, 다음 번 간호사는 그런 상황을 모른다면 환자의 통증 조절이 어려워지죠. 또 미열이 난 환자가 있어서 주치의가 관찰한 뒤 38도 이상이면 어떤 약제를 주자고 했으나, 이것이 인계가 안 된다면 환자는 추가적인 처치를 받을 수 없겠죠. 간호의 연속성을 유지하여 간호의 질을 높이기 위해서 인수인계는 굉장히 중요합니다. 이후 낮번과 밤번은 앞선 근무조가 작성한 인수인계 내용을 바탕으로 환자의 상태를 파악하고, 초번과 마찬가지로 환자들을 돌봅니다.

낮번은 호스피스 병동에 입원하는 새로운 환자가 있을 경우에 연명의료계획서, 호스피스·완화의료 이용동의서 등 입원 서류에 해당하는 내용을 확인하고, 새로 온 환자와 가족을 대상으로 초기 상담을 진행해야 합니다. 밤번의 경우 보호자가 잠들어 환자의 상황을 파악하지 못하는 일이 있으므로, 더욱 자주 병실을 순회하며 환자들의 통증이나 수면장애를 조절합니다.

호스피스 병동의
주요 행사

초기 상담 때 환자의 생일이나 기념일을 파악하고 그들의 요구에 맞게 생일잔치나 기념일 파티, 소원 들어주기 등 돌봄 행사를 수시로 합니다. 기관마다 조금의 차이는 있겠으나 코로나19 유행으로 여러 제한 사항이 생기면서 호스피스 병동에 활기를 주었던 행사도 할 수 없게 되었습니다. 다음은 코로나19 발생 이전에 하던 주요 행사로 호스피스 병동의 풍경을 상상하는 데 도움이 될 것입니다.

1월~2월	설맞이 행사
3월	일반인을 위한 호스피스·완화의료 교육 사별가족 지지 모임
5월	가정의 달 행사(어버이날 기념) 통증 캠페인 병동 음악회
6월	사별가족 지지 모임
7월	여름 맞이 수박 파티
9월	사별가족 지지 모임
10월	호스피스의 날 행사
11월	호스피스완화·의료센터 소식지 발간 및 배포
12월	크리스마스 행사 사별가족 지지 모임 자원봉사자 대축제

2장

코로나19
발생
이후의
변화

감염병전담병원으로
전환

코로나19 확산에 따라 확진자 치료를 위한 병상이 필요하게 되면서, 2022년 1월 기준으로 입원형 호스피스 88곳 중 21곳이 휴업하고 감염병전담병원으로 전환되었습니다. 이처럼 많은 호스피스 병동이 휴업하면서 기존 환자 다수가 병원을 옮겼고, 입원을 대기하던 환자들은 갈 곳을 잃었습니다. 또 많은 호스피스 전문 간호사는 다른 부서로 이동하여 기존 업무와 무관한 일을 하게 되면서 다시 호스피스 병동이 운영될 것이라는 기대는 막연해지고 호스피스 업무에 대한 갈증은 커지고 있습니다.

코로나19 국내 발생 초기

권신영 언제부터 감염병전담병원이 되었어요?

간호사 1 저희는 2020년 2월 휴업했어요. 2020년 1월부터 코로나19 감염 환자를 받았고요.

권신영 호스피스 병동이 문 닫은 것은 2020년 2월부터였어요?

간호사 1 네.

권신영 감염병전담병원이 되었을 때 경험을 이야기해주실 수 있어요?

간호사 1 그때 호스피스 병동에 계셨던 환자가 열여섯 명인데, 저희가 휴업을 신청하면 정확하게 그 날짜부터 호스피스 건강보험수가가 적용이 안 돼요.✚ 그날 바로 퇴원하실 수 없는 상황이라, 수가 반영을 위해 타 기관

✚ 보건복지부는 환자 부담을 완화하고 존엄한 임종을 준비할 수 있는 토대를 마련할 계획으로 2015년 7월부터 말기암환자 호스피스에 대하여 건강보험수가를 적용하였습니다. 호스피스 건강보험수가는 호스피스 전문 기관에서 입원일당 정해진 금액 한도에서만 적용되도록 되어 있습니다. 따라서 호스피스 전문 기관이 휴업하게 될 경우 환자는 건강보험 적용(호스피스 입원일당 정액 방식의 수가)을 받을 수 없게 됩니다.

으로 옮겨드리는 것이 저희 목표였는데, 한날한시에 모두 옮길 수 있는 상황이 안 되니, 저희 병원의 다른 과로 전과해서 다른 병실로 전실 처리를 했어요.

그런 상황을 환자와 보호자에게 일일이 설명해야 했고, 그때는 시국이 불안정하고 불확실했기 때문에 다들 수긍하기는 했지만, '죽음을 앞둔 환자인데 우리까지 이래야 하느냐'는 불만의 소리가 당연히 있었죠. 그래도 병원 안에서 병실을 옮기는 거였기 때문에 큰소리가 나지는 않았어요. 그런데 병원을 옮겨야 하는 상황이 오자 큰소리가 났어요. 환자를 '전원'하라는 것이 정부 방침이어서, 일주일 안에 호스피스 병동에 있던 환자뿐만 아니라 저희 병원에 있는 100명이 넘는 환자를 다른 병원으로 옮겨야 했거든요. 당시 진료협력팀은 다른 과에 있던 모든 환자를 전원시키는 데 정신이 없어서, 저희가 가까운 호스피스 전문 기관에 도움을 구했는데, 다행히 응해주셔서 환자들을 보낼 수 있었어요.

그런데 그때 병원에서 이루어지는 절차들, 시간이 소요될 수밖에 없는 과정들이 있는데, 보호자들이 견디지 못하고 병원에 통보하지도 않고 개인적으로 타 기관에서 외래진료를 보고, 알아보고 그래서 참 어려웠죠. 환자들 컨디션은 급속도로 변하고, 임종기에 있었던 환자들도 있고, 환자를 전원하는 상황을 옆에서 보는 환자들도 불편함이 있었죠.

권신영 호스피스 간호사로서 임종기에 있었던 환자들을 보낼 때 그 심정이 어땠어요?

간호사 1 안 보내고 싶었죠. 내가 계속 간호해왔던 환자들, 나를 믿고 같이 있었던 환자와 가족이잖아요. 함께 마무리하지 못하는 그 심정을 뭐라고 표현해야 할지 모르겠어요. 단어로 표현하기가 어려워요. 그냥 안타깝다는 표현도 적합하지 않고, 슬프다는 표현도 아니고. 그냥 그때 제가 뭔가 할 수 없는 상황이잖아요. 개인이 어떻게 통제할 수 있는 상황이 아니었잖아요. 그게 제일 속상했어요. 환자가 다른 병원으로 가셨고, 얼마 뒤 임종했다는 소식을 가족을 통해서 들었을 때도 그냥 여러 가지 감정이 들었죠. 화가 나기도 하고, 이게 뭔가 싶기도 하고, 이럴 수밖에 없나 싶기도 하고. 그때 감정을 단어를 찾기가 어려워요.

권신영 환자 가족들 반응은 어땠어요?

간호사 1 사실 저희와 이야기를 나눌 때는 빨리 다른 병원을 찾아야 한다는 생각 때문에 수긍했지만, 저희를 대면하지 않은 상황에서는 분명히 화를 내거나 여러 안 좋은 감정을 표현한 것으로 알고 있어요. 물론 어떤 가족은 저희에게 소리도 지르고 '왜 나가라고 하냐' '우리 환자 컨디션에서 어떻게 하라는 거냐' 그런 경우도 있었죠. 전원을 계기로 관계가 180도 바뀌는 경우도 있었고요.

권신영 감염병전담병원으로 변경되면서 선생님의 포지션이나 업무도 바뀌었는데 선생님은 현재 어떤 일을 하고 계세요?

간호사 1 코로나19 종합상황실에서 근무하고 있어요. 2년째 업무가 계속 바뀌고 있어요. 이게 대외적으로 오픈이 되는 것이 조금은 조심스러운 게 사실은 온갖 일을 다 해요. 호스피스 병동이 휴업하면서 저는 부서가 없어졌잖아요. 인사팀에서는 제가 호스피스 코디네이터로 행정 일을 했던 간호사니까, 행정 업무 지원을 할 수 있을 거라 판단하고 저를 상황실로 보낸 것 같아요. 2020년 초반에는 불안했고 명확하게 결정된 일이 없었잖아요. 전화 민원도 많았고, 입원한 환자들의 불만도 응대해야 했고.

권신영 그게 사실이에요? 아니면 선생님이 그렇게 생각하시는 거예요?

간호사 1 사실이에요. 왜냐면 저는 호스피스를 위해서 고용된 사람이었기 때문에 병원 안에서 다른 일을 할 수 없었어요. 다른 병원은 잘 모르겠는데, 저는 호스피스 전문 간호사이기도 하지만, 호스피스 병동의 운영과 관리를 도맡아하는 호스피스 코디네이터라서 간호부 소속이 아니에요. 제가 저희 병동 다른 간호사들처럼 간호부 소속이었다면 레벨D 방호복[+]을 입었겠죠. 아니면 선별진료소나 생활치료소로 간다든지요.

권신영 코로나19 유행이 언제 끝날지 모르는 상황에서 호스피스 업무로 복귀할 거라는 기대를 가지고 계세요?

간호사 1 호스피스 업무를 제가 지속할 수 있을까? 다시 시작한다고 하면 몰입할 수 있을까? 이런 것에 대해 겁나지는 않거든. 그건 어렵지 않아요. 다시 하면 할 수 있는 일이고, 해왔던 일이고, 하고 싶었던 일이니까요. 다만 폐쇄했던 호스피스 병동을 열어야 하는 상황이니까, 병동을 새로 오픈하는 일이라든지, 업무 재개 후 할 일이라든지 조금은 염려가 되기도 해요. 하지만 그것도 겁나지는 않아요. 지금 고민되는 건 '내가 이 기관에 있어도 되는 것인가'예요. 제가 그동안 쌓은 경력으로 호스피스라는 업무를 위해서 삶의 방향을 바꿨는데, 코로나19로 인해서 막힌 상황이잖아요. 그런데 이게 언제까지 지속될지 알 수 없으니까 걱정스러워요. 작년만 해도 스스로 위로를 했죠. '만 5년을 호스피스 코디네이터 업무를 했으니까, 지쳤던 마음을 충전하는 시기이다' 하면서요.

✛ 세계보건기구(WHO)는 코로나19처럼 침방울 접촉에 의한 비말감염의 경우, 기관삽관술이나 호흡기이물질제거 등 에어로졸이 발생하는 경우에 레벨D 방호복을 입도록 하고 있습니다. 레벨D 방호복은 순서에 맞춰 입어야 하며, 벗을 때도 일일이 소독하며 순서에 맞춰 벗어야 합니다. 착용 순서는 손을 닦은 후 속장갑을 먼저 끼고, 전신보호복을 입습니다. 전신보호복은 오염에 노출되지 않도록 목 부분에서 지퍼 덮개를 꼼꼼하게 닫아줍니다. 전신보호복 엄지 고리에 손가락을 끼우고, 장화를 신거나 신발에 덮개를 씌운 다음 매듭을 잘 묶어 흘러내리지 않게 합니다. KF94 마스크를 착용하여 호흡기를 보호하고 눈 주위까지 고글을 밀착하여 쓰거나, 보호복 후드를 쓰고 페이스 실드를 씁니다. 마지막으로 엄지 고리에 끼운 손에 겉장갑을 착용합니다.

그렇게 스스로 다짐을 하고 위로하고 지냈는데 1년이 지나니까 '내가 이 기관에서 호스피스를 할 수 있을까' 코로나뿐 아니라 이런 감염병이 앞으로도 언젠가는 또 생길 텐데, 기관에서 여러 문제를 뛰어넘어서 호스피스 업무를 지속할 수 있게 해줄 것인가' 별생각을 다 했죠. '호스피스 전문 간호사로서 호스피스를 하면서 살아갈 것인가, 터를 옮겨야 할 것인가'에 대해서 작년에 생각을 많이 했는데, 요즘에는 백신도 맞고 코로나19 종식에 대한 희망적인 메시지들도 나오기도 하잖아요. 그러니까 그동안도 버텼는데 좀더 버텨보자 하는 생각이 들어요.

권신영 코로나19가 종식된다면 호스피스 병동에서 만나는 환자와 가족을 대할 마음가짐과 기대에 관해서 이야기해주세요.

간호사 1 사실 이 생각은 구체적으로 안 해봤는데, 왜 안 해봤나 하고 생각해보니까, 제가 마음을 다잡을 이유가 있나 싶어요. 저는 처음부터 호스피스에 대한 마음이 확실했고, 그 마음은 변함이 없으니까요.

권신영 '호스피스 재개합니다' '내일부터 호스피스 병동을 준비하세요'라고 하면 어떨 것 같아요?

간호사1 병동이 열리면 호스피스 전문 간호사로서 여느 때와 마찬가지로 그냥 자연스럽게 환자와 가족을 간호할 것 같아요. 단지 공백이 있었던 거지, 환자를 만나던 마음이 퇴색하거나 그 마음에 변화가 있는 것은 아니거든요.

권신영 그동안 간호사로 살아왔고 호스피스 전문 간호사로 살아왔기 때문에 어렵지 않은 거죠?

간호사1 맞아요.

권신영 호스피스를 해왔던 간호사로 여전히 환자와 가족을 간호하고 임종하는 환자를 잘 떠나시게 도울 수 있을 테니까요.

간호사1 네. 오히려 그 일을 할 수 있는 시간이 저에게 허락되는 것에 더 감사해요. 어려움이나 부담감 같은 것은 전혀 없어요.

권신영 평소에 늘 해왔던 돌봄을 다시 할 수 있다는 것에 대해서 감사함을 느끼시는 거죠?

간호사1 그렇죠. '하고 싶었지만 할 수 없었던 일들을 이제는 할 수 있다'라고 생각하면, 그것만으로도 감사하죠.

코로나19 국내 발생 약 1년 후

권신영   언제부터 감염병전담병원이 되었나요?

간호사 2   저희는 2020년 하반기에 지정되었어요. 환자를 일
주일 안에 빼라고 하더라고요.

권신영   기한을 일주일만 준 거예요?

간호사 2   그렇게 기한을 준 것은 아니었고, 하루라도 빨리 코
로나19 환자를 받을 수 있는 병동으로 변경해서 열
었으면 좋겠다고 시에서 공문이 내려왔어요. 원장님
이 일주일 안에 환자들을 정리하라고 했죠.

권신영   병동을 폐쇄한 것은 언제부터예요?

간호사 2   완전히 비운 건 2020년 12월부터요.

권신영   감염병전담병원으로 전환된다고 하였을 때 어땠는
지 이야기해주세요.

간호사 2   그 시점에서 환자들이 상실감이 좀 컸어요. 물론 상
황이 응급했지만, 코로나19 확진자를 위한 병상을
확보하는 상황이 병원을 이동해야 하는 호스피스 병
동 환자분들에게는 확진환자만 더 우선하는 것처럼
느껴지고, 실제로 본인이 소외되었다고 생각하신 것

같아요. 환자가 목적을 가지고 자율적으로 호스피스를 찾아왔는데, 어느 날 갑자기 확진자를 받아야 한다고 다른 병원으로 가라고 그러니까. 그 상황에 대해서 이해는 했지만 서운했던 것도 있어요.

저희 병원에 앞서 여러 병원이 휴업했어요. 그때 거기에 있던 환자나 가족이 개인적으로 연락을 해서 '감염병전담병원'으로 지정이 되었으니 나가라고 하는데 어떻게 해야 하느냐고 전화를 줬던 기억이 있었어요. 그 일을 다시 겪지 않게 하고 싶었고, "여러분들이 전원할 수 있는 곳은 찾을 테니 믿고 기다려주세요."라고 설명을 했어요.

저희가 호스피스 전문 기관 외 다른 곳으로 전원하는 것을 지양했기 때문에 조금 오래 걸리기도 했어요. 저희 병원 경영진에게 시간을 좀 달라고 해서 순차적으로 옮겼어요. 가족이 직접 알아봐서 병원을 옮기는 것은 배제하고, 호스피스 보조활동인력이 있는 곳을 원하면 그쪽으로 알아봐서 전원을 도왔어요. 11월 말부터는 하루에 환자 두세 명씩, 무리되지 않는 선에서 병원을 옮겼어요.

권신영　코로나19를 경험하면서 환자들을 전원할 때 선생님은 어떤 마음이었어요?

간호사 2　정말 예상하지 못했던 상황이었어요. 저희 병원이 폐업을 하지 않는 이상, 호스피스 병동에 있는 모든 병상을 다른 질병 환자에게 내어주고 휴업하는 상황은 상상도 못 했어요. 처음에는 환자들을 어디로 보내야 할지만 생각했는데, 어느 순간에 '휴업을 하면 나는 어떤 역할을 해야 하지' 하는 불안함도 있었어요. 일반 병동으로 가면 어떡하나, 나이도 있고 연차도 있는데. 거기에서 일하게 된다면 나를 좀 부담스러워하겠다는 생각도 컸어요.

권신영　호스피스 병동에 있었던 환자들은 대부분 컨디션이 안 좋은데 감염병 때문에 전원해야 한다고 하니 환자 가족 반응은 어땠나요?

간호사 2　'확진자만 환자냐' '우리는 이곳만 바라보고 있는데 이제 어떻게 하느냐' 하시면서 다른 병원으로 가는 것 자체를 이해 못 했어요. 처음에는 '이곳에서 임종하겠다'라고 이야기하면서 저항이 심했어요. 오죽하면 '어떻게 하면 빨리 임종을 할 수 있느냐'고 문의

하는 환자 가족도 있었고요. 너무 무서우니까요.

　　환자 가족들이 심하게 동요했어요. 환자가 원하는 곳으로 전원할 수 있는 상황이 아니었거든요. 모두 다른 도시로 가야 했어요. 서울에서는 호스피스 보조활동인력이 있는 곳이 없었고, 개인 간병을 하더라도 비용 문제도 만만치 않은 상황이어서 도저히 상황이 안 되는 거예요. 저희도 딜레마가 있었어요. 내일 전원하기로 했던 환자가 갑자기 컨디션이 나빠져서 임종실로 옮기는 상황이 된 적도 있어요. 그러니까 가족도 '이렇게 임종이 가까워진 환자를 가라고 하는 거냐' 하고, 저도 죄책감이 느껴져서 임종은 저희 병원에서 할 수 있게 했지만, 이렇게 전원하는 2주 동안 임종한 환자가 네 분 정도 되었어요.

　　임종하기 3~4일 전에 가족들에게 설명하지만 환자 임종이 모두 예측한 대로는 아니잖아요. 저희도 "이 정도 컨디션이라면 3일 안에 임종하시지 않을 거예요. 전원하실 수 있겠어요."라고 말했는데, 당장 내일 임종실로 옮기는 상황이 생기기도 하니, 가족들은 의료진을 비난하게 되는 거예요. 지금까지 쌓아둔 라포르(rapport)가 다 깨지는 거죠. 반면에 전원하려고 했던 환자가 갑자기 상태가 안 좋아져서 저희가 모시고 있었는데 임종기가 길어진 경우도 있어요. 그래서 결국 그 환자를 어떠한 연명의료를 하지 않는 것으로 인계해서 중환자실로 옮기고, 가족에게 "호스피스 병동에서 임종하시는 것은 안 되지만 저희 호스피스 팀이 중환자실을 오가면서 환자를 돌보겠습니다."라고 했어요. 이 환자 말고도 중환자실에 계시다가 임종한 분들이 또 있는데, 다른 병원으로 가는 구급차에서 임종할 것 같다고 원장님을 설득했죠. 그 가족은 그나마 저희 병원에서 임종하게 해줘서 고맙다고 했지만, 저희는 마음이 너무 안 좋았어요.

권신영   그러셨을 것 같아요. 호스피스 병동 환자들이 모두 떠나고 감염병전담병원으로 바뀐 지금, 선생님은 어떤 일을 하고 계세요?

간호사 2   지금은 6일에 한 번 상황실 근무를 하고, 그리고 코로나19에 감염된 대상자를 돌보는 의료진을 위한 응원 간식이나 물품을 기부 받는 일을 해요.

권신영 상황실에서는 어떤 일을 하시는 건가요?

간호사 2 코로나19 환자 상담, 감염병 대응 자원 관리 및 평가, 환자 의뢰 및 회송 체계 관리 운영 등의 업무를 해요.

권신영 그러면 호스피스 병동에서 하시던 업무와는 무관한 일을 하고 계신 거네요.

간호사 2 아무래도 그렇죠. 빨리 호스피스 병동이 열렸으면 좋겠어요.

권신영 호스피스 병동이 다시 열린다면 공백이 좀 있는 건데, 환자를 어떻게 간호할 것 같으세요?

간호사 2 처음에는 호스피스 병동이 휴업하고 굉장히 공허했어요. 반면에 호스피스 전문 간호사 중에서도 호스피스 코디네이터는 조정자 역할을 하다보니 온전히 일과 분리될 수가 없잖아요. 외근을 나가서도 연락을 받고, 휴가를 가서도 일에 대한 전화를 받잖아요. 그래서 마음 편하게 쉰 적이 없었죠. 불안한 한편으로 '이 시기에 충전하는 것도 필요하겠구나' 하는 생각도 들었어요. 그렇다고 코로나19로 인한 휴업 상황에 젖어 있지는 않아요. 예상하지 못했던 상황으로 인해 일을 못 하게 된 거라 지금은 빨리 환자를 보고 싶다는 마음이에요.

권신영 지금 상황실에서 하는 일이 아닌, 본래 일인 호스피스를 하고 싶다는 말씀이죠?

간호사 2 네. 맞아요. 다시 호스피스 병동이 열리면, 환자 손 붙잡고 옆에 앉아 있어야지, 환자 휠체어 계속 밀고 다니면서 교대로 야외정원 다녀야지, 다음에 요법치료를 하게 되면 오븐을 사고 쿠키 생지 받아 만들어서 가족들에게 줘야지, 이런 생각을 하게 돼요. 앞으로 해야 할 사업도 자꾸 생각하고요. 그래서 저희 병원이 9월이나 10월쯤 문을 열면, 진짜 열심히 호스피스 환자를 봐야지 다짐하게 돼요. 병동 시설을 고친 지 얼마 안 되었는데, 다시 재개하면 병원에 어떤 것을 고쳐달라고 요구해야 될까 이런 생각도 하고. 이제 정말 진실된 마음으로 환자를 더 잘 돌볼 것 같아요.

코로나19로 인한
호스피스 전문 기관 휴업 신고 현황
(2022년 1월 3일 기준)

우리나라 전체 호스피스 병상의 약 30퍼센트는 공공병원이 차지합니다. 공공병원의 상당수가 감염병전담병원으로 전환되어 휴업하였습니다. 다음에서 보는 것처럼 휴업한 공공병원은 지역 거점인 곳이 많습니다. 이는 말기암환자가 자신이 속한 지역 또는 인근에서 편안하게 임종할 기회가 줄어들었음을 의미하기도 하며, 동시에 공공병원의 중요성을 보여주기도 합니다.

1. 경기도의료원 안성병원
2. 경기도의료원 의정부병원
3. 경기도의료원 파주병원
4. 국민건강보험공단 일산병원
5. 국립중앙의료원
6. 군산의료원
7. 김천의료원
8. 남원의료원
9. 마산의료원
10. 서울적십자병원
11. 서울특별시 동부병원
12. 서울특별시 북부병원
   (가정형 동시 휴업)
13. 서울특별시 서남병원
14. 서울특별시 서북병원
15. 서울특별시 서울의료원
16. 순천의료원
17. 안동의료원
18. 천안의료원
19. 충북대학교병원
20. 칠곡경북대학교병원
21. 포항의료원

호스피스 돌봄 계획
수립의 한계

호스피스 병동에 입원하기에 앞서 말기암환자 담당 의료인은 환자와 가족이 암 진단 및 말기 상황을 인식하고 있는지 확인하고, 연명의료계획서를 작성했는지 살핍니다. 그리고 상담을 통해 환자와 가족의 연명의료에 대한 선호도를 파악합니다. 환자는 의사나 간호사에게 호스피스 서비스에 관한 설명을 들은 후 말기암환자임을 알리는 의사소견서를 제출하고, 호스피스·완화의료 이용동의서를 작성하여 입원을 신청하여야 하는데, 본인의 의사에 따라 직접 작성하는 것이 원칙입니다.

상담은 환자와 가족에 대하여 여러 방면으로 파악하고, 호스피스 병동에 머무는 동안 어떻게 돌볼 것인지 계획을 수립하기 위해 수시로 실시됩니다.

환자의 성별, 연령, 거주지, 입원일 등 일반적인 정보를 확인하고, 진단명과 전이 부위, 환자의 치료력, 동반 질환, 투약 내역, 통증 정도, 호흡곤란 여부 등의 신체 증상과 기능적 상태, 의식 상태, 배뇨 및 배변 상태, 욕창 등 피부 상태, L-튜브✦, PTBD✦, PCD✦, 케모포트✦ 등 보조기구 여부와 신체적인 정보를 체크합니다. 인지 능력, 질병에 대한 정서적 반응, 기분, 의사소통 능력, 정신신경계 증상 등 심리적 부분도 보죠.

의료보험 종류, 경제적 상황, 결혼 여부, 직업, 의사

✦ L-튜브는 비위관 삽입(L-tube insertion)을 말합니다. 비위관은 코를 통해 위로 넣는 관을 말하며, 레빈(Levin) 튜브라고 불리기도 합니다.

✦ PTBD(Percutaneous Transhepatic Biliary Drainage)는 경피적경간담즙배액술로, 담관에 배액관을 넣어 담즙을 배출하고 제거하여 환자의 증상을 완화하는 것입니다.

✦ PCD(Percutaneous Catheter Drainage)는 경피적배액술을 말하는데, 피부를 통해 얇은 관을 체내에 삽입하여 비정상적 체액(농양, 복수, 흉수 등)을 체외로 배출시키는 배액술입니다.

✦ 케모포트(Chemoport)는 약물 주입(특히 항암제) 및 수혈, 채혈을 위해 삽입된 관으로, 보통 심장 쪽의 피부 밑에 장치를 삽입하기 때문에 육안으로는 잘 보이지 않습니다.

결정 등 사회적인 부분도 빠지지 않고 살핍니다. 종교는 있는지, 삶의 의미와 목적은 무엇이라고 생각하는지 등 영적인 부분도 상담하죠. 가계도, 가족력, 주 보호자 및 의사결정자, 가족의 신체적·심리적 상태와 주요 걱정과 갈등, 위기에 대한 대처 능력, 상실에 관한 과거 경험, 임종 준비 등도 필수적으로 확인합니다. 마지막으로 환자와 가족이 어떤 돌봄을 기대하는지도 알아보죠. 이렇게 환자와 가족을 상담하여 파악한 내용을 바탕으로 증상 조절, 심리·사회적 중재, 간호 등의 목표를 세우고 돌봄 계획을 세웁니다. 그 이후 주기적으로 환자와 가족을 상담하여 돌봄 계획을 수정하거나 호스피스 병동에서 제공된 돌봄의 결과 및 효과를 재평가하죠.

그러나 코로나19가 확산되면서 호스피스 병동을 출입하는 데 여러 제한이 생겼고, 이는 돌봄 계획을 수립하고 실행하는 데 악영향을 끼쳤습니다. 실제로 돌봄 계획을 세우고 실행할 때 환자에게 정서적 기반이 되는 가족과 지인의 지지는 매우 중요합니다. 특히 가족의 지지는 호스피스 팀을 신뢰하고 돌봄 계획을 충분히 이해할 때 따라옵니다. 하지만 면회 시간과 인원에 제약이 생기면서 가족의 방문이 어려워지자 경과에 따라 상담해야 할 내용을 한꺼번에 하거나, 여러 차례 강조해야 할 이야기를 초기 상담 때에만 짚어주는 일도 있었습니다. 또 비대면으로 상담을 진행하게 되어 어렵게 수립한 돌봄 계획이 제대로 전달되는 것인지 확인하기 어려워지기도 했습니다. 무엇보다 외부인 방문이 제한되면서 요법치료나 영적 돌봄을 계획에 포함하기 어려워서 많은 간호사가 지금의 호스피스 서비스에 대해 회의를 느끼기도 합니다.

교감이 부족한 돌봄 계획 수립 과정

권신영 사회적 거리두기로 인해 환자와 가족 면담도 쉽지 않은 상황일 텐데, 돌봄 계획은 어떻게 수립하고 있나요?

간호사 1 저희가 예전에는 입원 상담을 할 때, 호스피스·완화의료에 관해 전체적으로 설명하고, 환자와 가족의 성향과 상황을 파악해서 돌봄 계획을 세웠어요. 과거에는 입원 후에는 환자 상태를 살피면서 앞으로 환자에게 어떤 변화가 있을지, 어떻게 대처할지를 환자와 환자 가족과 수시로 공유하고, 돌봄 계획에도 반영했어요. 그래서 초기에 세웠던 돌봄 계획이 환자와 가족에게 적합한지 확인할 수 있었어요. 이렇게 라포르를 형성했기 때문에 환자 컨디션이 많이 달라지면, "임종 시기에 알아보러 다니시기 어려워서 미리 말씀을 드립니다." 하고 환자 가족에게 납골당이나 장례식장 준비 등 구체적인 계획을 물어볼 수 있어요. 그러면 가족도 이해하고 준비했거든요.

그런데 지금은 면회 제한으로 저희도 환자 가족을 언제 만나게 될지 모르는 상황이잖아요. 그러니까 입원 상담을 할 때 임종 상담에 큰 비중을 두고, 입원 후에는 중간중간 전화로 말씀을 드려요. 가족들도 환자 곁에서 컨디션 변화를 확인하지 못하는 상황이라 아무래도 실감하지 못해서인지 임종 준비를 못 하고 있다가 임종실로 옮기면 그때야 급하게 알아보러 다니는 분들이 많아요. 전화로 이야기하니까 자꾸 놓치는 부분도 있고, 대면으로 상담했을 때보다 오해가 쌓여요. '며칠 전만 해도 환자가 괜찮았는데 왜 그러느냐?' '왜 갑자기 상태가 안 좋아진 거냐?' 하는 반응도 많아요.

저희 병원이 면회 시간을 제한하고 있어서 밖에서 보는 분들은 환자 가족이 이전보다 덜 와서 응대가 줄어드니 간호사들이 좀 편해지지 않았느냐 생각하기도 하는데, 사실 그건 아니거든요. 환자들이 가족들을 만나는 시간이 줄어드니 좀더 불안해하기도 하고, 많이 우울해해요. 환자들이 불안해하고 우울해하면, 저희도 더 마음이 쓰이죠.

권신영 아무래도 그렇죠?

간호사 1 네. 연명의료 대신 호스피스·완화의료를 선택하고, 소중한 사람들과 시간을 보내기 위해 호스피스 병동을 택한 분들이잖아요. 그런데 가족이나 지인, 종교인 등과 함께 죽음을 서서히 받아들이던 때와 달리 혼자 감당해야 한다고 생각해보세요. 말기암환자라 컨디션이 갑자기 나빠지기도 해서, 환자 입장에서는 임종하기 전에 꼭 전하고 싶은 말이 있는데, 면회 제한으로 전하지 못할 수도 있겠죠. 우울하고 불안할 수밖에 없을 것 같아요.

권신영 가족들과도 대면으로 상담했을 때보다 오해가 쌓인다고 하셨는데요. 면회 오는 가족과는 어떤가요?

간호사 1 가족들도 환자 상태를 보는 게 원활하게 되지 않으니까 의료진에게 컴플레인도 많아졌어요. 환자와 마찬가지로 가족들도 조금이라도 더 함께 시간을 보내고 싶을 수 있잖아요. 그런데 면회 시간과 횟수 제한이 있으니까 이런 근본적인 것에서 오는 불만도 있어요. 가족이 곁에 있으면서 환자와 함께 변화를 경험하고 임종에 다가설 때는 직접 보기 때문에 저희가 제공하는 돌봄이나 완화의료에 대해 훨씬 공감했어요. 하지만 지금은 가족도 저희와 신뢰를 쌓을 시간이 없다보니 환자 컨디션이 갑자기 변했을 경우 그 책임이 저희에게 있다고 생각하는 일도 있죠. 가족이 면회를 오면 대면 상담은 할 수 있지만, 두 시간인 면회 시간 안에 환자 상태를 설명해야 해요. 그러다보니 의료진 입장에서 중요하다고 생각하는 것을 중심으로 말씀드릴 수밖에 없고, 환자와 보호자도 이해가 되지 않았는데도 시간 때문에 어쩔 수 없이 가는 거죠. 예를 들면 면회 시간 동안에는 저희는 예견되는 상황을 설명하기 때문에 그 설명보다 환자 상태가 좋을 수 있어요. 그러면 보호자는 저희 설명에 공감하지 못하고 준비하지 못하는 거죠. 게다가 면회 시간에 근무하는 간호사들은 상담까지 다 커버해야 해서 굉장히 소진되고 있어요.

권신영 초기 상담도 경과 상담도 코로나19 발생 이전과 비교해서 변화가 큰데, 임종 상담은 어떤가요? 임종 상담을 할 때 장례에 대한 절차 등도 안내했는데, 그런 것들도 바뀌었어요?

간호사1 임종이 다가왔는데 장례식장도, 납골당도 준비가 안되어서 저희한테 리스트가 있으면 달라고 했던 가족도 있었어요. 이전에도 임종 준비를 하면 마치 불효하는 것처럼 느끼는 경우도 상당히 많아서 '내가 그렇게까지 준비를 해야 하느냐' '우리 어머니는 지금 걸어 다니시고 괜찮다'라고 하며 자꾸 미루는 예도 있긴 했어요. 하지만 요즘은 보호자들이 직접 환자 상태를 경험하지 못하기 때문에 당장 내 일이 아니라고 생각하면 귀담아듣지 않는 예가 더 많아요. 지금도 임종 상담 때 장례에 대한 절차는 안내하고 있어요.

권신영 지금 돌봄 계획 수립에 있어 가장 필요한 건 무엇인가요?

간호사 1　호스피스는 어찌되었든 환자 삶의 질, 특히 임종 과
　　　　　정에서 삶의 질을 생각해드리는 것이라, 감염병 유
　　　　　행 상황이지만 어떻게 돌봄 계획을 수립하고 보완해
　　　　　야 할지 다시 한번 고민해야 할 때인 것 같아요. 병
　　　　　원에서 면회를 한 번으로 제한을 두었을 때 한 번만
　　　　　더 늘려달라고 했는데, 감염팀에서는 병원 규정이라
　　　　　고 안 된다고, 호스피스라고 해서 예외를 둘 수 없다
　　　　　고 여러 번 답변을 받아서 저희도 어쩔 수 없이 면회
　　　　　시간을 제한했어요. 하지만 지금까지 저희 호스피스
　　　　　병동에서 코로나19 확진 상황도 없었고, 감염 예방
　　　　　수칙을 잘 지키면 다른 곳과는 다르게 운영할 수 있
　　　　　지 않을까 생각이 되거든요. 돌봄 계획은 저희끼리
　　　　　수립한다고 되는 게 아니라서요.

권신영　예전 면회 시간은 어떻게 되었어요?

간호사 1　아침 7시부터 저녁 8시까지요.

권신영　면회 시간을 제한하지 않았다는 거죠?

간호사 1　네. 이 시간 안에서 자유롭게 면회하다가 지금은 두
　　　　　시간이고, 1일 1회예요. 저희가 면회를 한 시간씩 2회
　　　　　로 바꾸고 열 체크도 하겠다고 했는데도 병원에서는

안 된다고 했어요. 어려워요. 어려워.

서로 다르게 받아들이는 돌봄 계획

권신영   가족 중 젊은 구성원은 경제 활동을 하고, 환자 배우자가 혼자 간병을 하는 경우가 많은 걸로 알고 있어요. 환자 컨디션이 안 좋아지거나 임종실로 옮길 때, 완화적 처치를 해야 할 때 상담이 제대로 되지 않는다고 느꼈던 상황이 있나요?

간호사 2   아무래도 저희는 말기암환자들이 오시는 곳이라 환자와 보호자 모두 연세가 많은 편이에요. 환자 상태를 연로한 보호자께 설명드리면 이해하기 어려워하실 때가 있어요. 이럴 때 자녀들에게 전화로 상담을 하는데, 자녀가 한 명만 있거나 한 명에게만 말해도 되는 상황이면 소통이 수월해요. 그런데 여럿일 때는 자기한테만 말하지 말고 다른 형제들에게도 설명해달라고 하세요. 코로나19 유행 상황이 아니면, 다 같이 모여서 듣겠지만, 결국 같은 내용을 여러 차례 전달해야 해요. 이 부분은 시간만 있으면 할 수 있는 일이니 괜찮은데, 문제는 저희가 다 같은 내용을 설명했는데, 다른 보호자에게 다르게 전달하거나 서로 이야기하며 다른 방향으로 해석될 때가 있어요.

권신영 의사소통에 문제가 생기는 거죠?

간호사 2 네. 저희가 설명과 교육을 충분히 했다고 생각하고 보호자와 이야기를 해보면 잘 전달되지 않은 경우가 더 많아요. 의사소통에 문제가 생기는 건 병동에서도 그래요. 코로나19 이후에 더 심해졌어요. 보호자 출입증을 받은 한 명만 상주할 수 있게 제한하고 있어서 여러 보호자가 간병을 하는 경우에 교대를 할 때도 보호자끼리 대화가 어려워요. 환자 상태나 간호사의 처치 같은 것들에 대해서 가족끼리 인계를 못 하는 거죠. 각자 듣고 싶은 것만 듣고 잘못 전달해서 오해가 생기기도 해요. 또 판단하는 기준도 다 다르니까 곤란하기도 하고요. 예를 들면, 진통제 같은 것도 "환자가 아프니까 진통제를 써주세요." 하고 말하는 보호자가 있는 반면 "왜 이렇게 자주 쓰는 건가요?" 하고 이야기하는 보호자도 있어요. 저희가 코로나19 이전에는 형제와 배우자, 자녀 등을 모두 한자리에 모시고 앞으로 환자가 임종까지 어떤 단계를 겪을 거고, 그 단계에 어떻게 대처하자고 계획을 세웠어요. 주 보호자 및 의사결정자도 정했고요. 그러고 나서 입원 때 수립한 돌봄 계획을 환자와 가족과 의논하면서 계속 수정해가야 하는데, 지금은 그게 너무 어려워요.

권신영 그렇다면 지금 환자에게 가장 중요한 것은 무엇이라고 생각하세요?

간호사 2 환자들이 일단 편안함을 느꼈으면 좋겠는데, 지금 환자들은 가족이 오면 자기가 그 가족에게 폐를 끼친다고 생각해요. 본인을 보러 오려면 PCR 검사를 해야 하고, 또 회사에 가면 병원에서 간병하다 왔다는 걸 별로 안 좋아한다고 하니까요. 환자들이 옆에서 그 모습을 보는 걸 더 힘들어하는 것 같아요.

권신영 환자들에게 심리적 편안함이 중요하다고 생각하는 거네요.

간호사2 네. 맞아요.

다학제적 돌봄의 어려움

호스피스 병동에서는 의사, 간호사, 사회복지사, 요법치료사, 자원봉사자, 성직자 등이 함께 하나의 꽃을 이룹니다. 그러나 방문 제한 및 접촉 제한 원칙은 병동 구석구석에서 의료진이 할 수 없는 일을 해주고 활기가 되어주었던 요법치료사와 자원봉사자, 성직자도 외부인으로 규정하여 이들의 병동 출입이 중단되기도 했습니다. 따라서 환자의 목욕이나 샴푸, 면도, 이미용 등의 신체적 돌봄이 제한적으로 이루어졌고, 환자의 정서적 지지나 영적 돌봄 등에도 많은 영향을 미쳤죠. 상주 보호자와 간호 인력, 병원 내부 인력이 이 일들을 담당하게 되면서, 의료진뿐만 아니라 가족의 몸과 마음이 소진되는 일도 발생하게 되었습니다. 하지만 일상에 감염 예방 수칙이 자리 잡으면서 닫혔던 문이 서서히 열리고 있습니다.

줄어든 선택권

권신영 코로나19 대유행 시기에 호스피스 간호하는 데 장애물이 있나요?

간호사 1 간호사로서의 장애물보다는 호스피스 병동이 국민안심병원⁺으로 전환이 되잖아요. 환자들이 갈 곳이 없어진다는 생각이 많이 들었어요. 요양병원에서는 코로나19가 유행하는 걸 막기 위해서 가족을 아예 못 오게 한다고 하더라고요. 그래서 환자와 보호자 모두 요양병원을 택하기보다 한 번이라도 만날 수 있는 호스피스 병동을 차선으로 택하기도 하거든

+ 감염병전담병원이 병원 전체가 코로나19 확진환자를 진료하는 곳이라면, 국민안심병원은 병원 내 감염으로부터 환자를 안전하게 보호하기 위하여 호흡기 환자와 비호흡기 환자를 분리하여 진료하는 곳입니다.

요. 그런데 병상 수가 줄어들다보니 갈 수 있는 병원이 없어서 문의전화만 하는 경우를 보면 많이 안타깝고, 또 호스피스 병동으로 오지 못하고 일반 병동에서 대기하다가 임종하는 환자도 많은 것으로 알고 있어요. 간호사로서 업무가 과중이 되는 게 힘들다기보다는 코로나19로 인해 환자의 선택권이 줄어든 게 마음이 아파요.

권신영   영적 돌봄이나 요법치료, 돌봄 행사 등이 많이 바뀌었잖아요. 다학제적으로 접근하기 어려운 점이 분명히 있을 것 같아요.

간호사 1   요법치료 같은 경우에도 한참 중단이 되었다가 지금은 시행이 되고 있는데, 자원봉사자들의 도움을 받지 못하는 것이 아쉬워요. 자원봉사자가 있을 때는 몰랐는데 없으니까 정말 비교가 돼요.

권신영   구체적으로 어떤 부분에서요?

간호사 1   목욕 봉사요. 이게 어느 정도 전문성이 필요해서 환자와 보호자가 굉장히 고마워했던 부분이거든요. 또 림프 마사지도 그래요. 다리나 팔 부은 환자들을 보면 림프 마사지 받으면 시원하기도 하고, 사람 온기가 오가며 느껴지는 것이 있을 텐데 싶어서 안타까워요. 자원봉사자들이 기도도 해주고, 책도 읽어주고, 말동무도 해줬는데, 이런 모든 게 있을 때는 몰랐는데 없으니까 난 자리가 되게 컸어요.

권신영 영적 돌봄은 어떤 것 같아요?

간호사 1 사실은 우리 병원에 성직자가 있지만, 환자들이 이곳에 오기 전에 나름대로 의지했던 성직자가 있었을 거잖아요. 그런데 외부에서 성직자가 오는 것을 아예 차단하니까 환자 입장에서는 자기가 계속 뵙던 목사님, 신부님과 수녀님, 스님이 오실 수가 없는 거죠. 또 친척이 목사라고 해도 안 돼요. 생전 처음 보는 신부님이나 목사님이 와서 해주는 것보다 친숙한 성직자가 오는 것이 환자에게는 더욱 와 닿겠죠. 그래서 환자들이 알면서도 성직자 방문이 되는지 끝까지 물어봐요. 그만큼 요구가 크다는 것을 의미하는 거죠. 물론 저희 병원에는 기독교와 천주교는 원목실이, 불교는 법당이 있어서 그나마 낫지만, 종교가 여기에 해당되지 않을 경우에는 영적 돌봄이 더 어려워요. 그렇지만 저희가 지금 하고 있는 방법이 최선이 아닐까 하는 생각이 들어요.

작은 행사로 되찾은 희망

권신영   호스피스 전문 간호사로서 코로나19 대유행 시기에 가장 큰 어려움은 뭔가요?

간호사 2   이건 다른 의료진도 마찬가지일 텐데, 감염병에 대한 막연한 두려움인 것 같아요. 코로나19 발생 초중기에는 저희 의료진도 두려움이 커서 자원봉사자 활동과 요법치료도 진행하지 못했어요. 지금 생각해보면 저희가 방역 수칙을 잘 지키면서 요법치료도 하고 자원봉사자 활동도 열 수 있었거든요. 감염병에 대한 막연한 두려움과 공포가 장애물이었던 것 같아요.

권신영   그러니까 코로나19 대유행이라는 환경도 있지만, 마음속에 있는 감염에 대한 두려움과 공포가 돌봄을 더 어렵게 했다는 거네요.

간호사 2   네. 그런 마음이 장애물이 되어서 다들 빗장을 달아버린 거예요. 그 두려움과 공포 때문에 더 과잉으로 제한했던 거죠. 방문객도 제한하고 외부인들도 제한하고. 그래서 최근에는 저희가 개인위생 충분히 지키고 방역 수칙도 지키면서 마스크도 철저히 쓰면 우려했던 것보다 감염 확률을 낮출 수 있다는 믿음이 생겨서 요법치료도 하고 자원봉사자 활동도 했어요. 이렇게 마음 열기까지가 쉽지 않았던 것 같아요.

권신영 얼마 전 돌봄 행사도 한 걸로 아는데, 코로나19 발생 전과 어떻게 바뀌었어요?

간호사 2 아무래도 예전에는 가족들과 같이 대규모로 했다면, 지금은 개인별로, 아니면 소그룹으로만 하고 있어요. 어떨 때는 너무 단출해서 이게 무슨 호스피스 사업을 위한 행사인가 싶었는데, 그럼에도 불구하고 환자들은 환기가 된다고 하더라고요.

그동안과 달라서 분명 아쉬운 점도 있죠. 하지만 이런 소규모 행사가 좋은 점도 있어요. 큰 행사를 하려면 저희도 준비하고 계획하는 시간이 필요한데, 소규모 행사를 하니까 날씨가 좋으면 좋은 대로, 환자들 컨디션이 좋으면 좋은 대로, 그때그때 즉흥적으로 할 수 있게 된 거죠. 그러니까 "오늘 날씨도

좋고, 환자분 컨디션도 좋으니까 과장님이랑 우리 산책하러 갈까요? 우리 야외정원으로 소풍 갈까요?" 라고 물어보고 소소한 일상에서 돌봄 행사를 해요. 이렇게 자주 하다보니까 의외로 저희도 만족도가 높아졌고, 환자들도 '내가 원하면 바로바로 서비스가 된다' 하는 그런 마음에 좋아했어요.

권신영 그러니까 의료진이 계획하고 의료진이 정한 일자가 아니고 환자 상황에 맞추어서 돌봄 행사를 했다는 거죠?

간호사 2 전적으로 그렇게 된 거죠. 예전에는 가족 상황도 맞추어야 하고, 의료진 상황도 맞추어야 되니까 최소한 일주일은 계획하고 2~3일은 준비해서 같이 행사를 했다면, 요즘은 환자가 원하는 즉시 할 수 있어요.

권신영 정말 좋네요. 준비해야 할 것도 많고, 신경 써야 할 것도 많았잖아요. 그런데 한편으로는 이런 작은 행사에 상주 보호자 외에 다른 가족들이 참여할 수 없다는 게 아쉬워요.

간호사 2 네, 가족들이 참여하면 그분들도 환기가 되거든요. 그런 정서적인 측면에서는 아쉬움이 커요. 하지만 최근에는 요법치료 선생님과 자원봉사자들이 행사를 같이해주고 있어요. 이분들은 환자를 정서적으로 지지해주고 전문적인 돌봄을 제공하기 때문에 서서히 분위기가 바뀌고 있어요. 이분들이 산책을 돕거나 요법치료를 했을 때 환자들 반응을 보면 확연히 달라요. 특히 그림 그리기나 가벼운 동작 따라 하기 같은 요법치료를 하면, 저희가 과장님과 환자 보호자에게 사진으로 찍어서 다 보내드리거든요. 예전에는 당연한 일이었지만, 그 일을 제대로 못 하다가 다시 요법치료를 시작하면서 환자 기분이나 반응 같은 게 좋아지는 것을 보고, 왜 요법치료가 필요한지 저희 의료진과 환자 가족도 제대로 이해하게 되었어요. 그리고 자원봉사자가 왜 호스피스의 꽃이라고 그러는지도 확실히 알게 되었죠.

권신영 영적 돌봄은 어떻게 하고 있나요?

간호사 2 2020년 상반기에는 성직자들 방문도 아예 금했어요. 그러다가 영적 돌봄은 정말 저희가 해드릴 수 없잖아요. 성직자 개입이 무조건 필요한 일이라 회의를 거쳐서 다시 오실 수 있게 했어요. 처음에는 "어느

요일에 오세요." 하고 일주일에 하루 이틀 열다가 호스피스 병동이라는 특성상 환자가 '바로 이 순간'을 원하기도 해서 최근에는 수시로 방문을 요청했어요. 그러다보니 늘 해왔을 때는 영적 돌봄이 얼마나 큰 역할인지 인지하지 못했는데, 되게 큰 역할이었다는 걸 알게 됐어요.

자원봉사자의 빈자리

권신영 코로나19 대유행 시기에 환자에게 가장 중요한 것은 무엇이라고 생각하세요?

간호사 3 가족의 지지가 가장 중요하다고 생각해요. 가족이 곁에서 환자 변화 상황을 같이 경험하고, 그러면서 환자에게 힘이 되어주고, 그 상황을 함께 받아들이는 게 중요하거든요. 그래서 요즘은 통화로 입원 상담할 때 증상 조절은 저희가 하겠지만, 가족이 환자와 함께하는 것이 중요하다는 걸 보호자에게 잘 전달하려고 노력해요. 그다음은 요법치료요. 환자들이 하루하루 의미 있는 시간을 보낼 수 있도록 무언가 조금씩 하게 하는 것이 요법치료거든요. 요법치료에 관해서는 어느 정도 코로나19 발생 이전처럼 돌아가는 것이 맞다고 생각해요. 그런데 지금은 그걸 할 수 없으니까 걱정이 많아요.

권신영 자원봉사자가 없는데, 그러면 개인위생 관리 같은 신체적 돌봄은 어떻게 하는 건가요?

간호사 3 저희 병동 간호사들이 근무 시간이 끝나면 환자 목욕과 샴푸를 돕는 봉사를 해요. 특히 수간호사님이 많이 하시죠. 저는 힘이나 체력이 좋은 사람은 아니에요. 그래서 요령껏 하는 편인데요, 힘이 센 수간호사님이랑 저는 환상의 짝꿍이라서 수간호사님이 물을 틀어주면 제가 환자 머리를 헹구고 드라이해주고. 그러면 수간호사님은 무거운 물을 버리죠.

권신영 코로나19 시기가 아니었으면 안 했을 일이죠?

간호사 3 그렇죠. 코로나19 상황이라 자원봉사자들이 올 수 없으니 저희 간호사들이 하는 거죠. 저는 사실 샴푸기계 쓰는 것도 잘 몰랐어요. 그 기계가 있는 것은 봤지만, 워낙 자원봉사자들이 잘하고, 관리까지 하니까요. 이전에는 간호 업무만 하고 교육과 상담만 했죠. 지금 같은 돌봄은 해보지 않았어요.

권신영 수간호사님과 선생님이 안 하던 환자 목욕도 하고 샴푸도 하는 등 함께 신체적 돌봄을 하면서 결속력이 생겼을 수도 있겠네요.

간호사 3 이게 힘든 일이다보니 결속력이 생기는 것도 맞아요. 그런데 결속력이 생기는 만큼 깨질 수도 있어요. 왜냐하면 힘든 일이니까 누구 탓으로 가기도 하는 거죠. 예를 들면 간호사들은 면회객에게 감염 위험이나 방역 수칙 때문에 면회가 안 된다고 이야기를 해요. 병원 규칙상 미성년자는 출입이 안 돼요. 또 직계가족이 아니면 안 돼요. 그런데 가끔 수간호사님은 부탁을 받으면 "알았어요. 해줄게요." 이렇게 하는 거죠. 그러니까 어떤 간호사는 "우리만 나쁜 사람 되었다."라고 말하기도 해요. 반면에 어떤 간호사는 "그것은 수간호사님이 책임을 진다는 이야기이고, 수간호사님이 책임을 지면서 해주는 거니까 오히려 좋은 거다."라고 이야기하기도 하죠.

권신영 네, 그럴 수도 있겠네요. 지금 간호사들이 힘들지만 그래도 자원봉사자를 대신해 신체적 돌봄을 제공하고 있잖아요. 환자나 보호자는 이 상황을 어떻게 생각하고 있는 것 같나요?

간호사 3 환자나 보호자 모두 자원봉사자들이 제공하는 샴푸나 목욕, 마사지 같은 활동을 굉장히 많이 만족했거든요. 또 아무래도 연세가 있거나 항암치료를 멈춘 말기암환자들이 오다보니 머리를 관리할 필요가 있어요. 예전에는 저희 자원봉사자가 전문적인 기술로 이미용도 담당해주었는데, 지금은 방문이 제한되어 있으니 못 와요. 그래서 보호자 중에 '신체적 돌봄을 해준다고 듣고 왔는데, 왜 이걸 안 해주느냐. 가족인 나라도 머리를 밀어주겠다' 하고 주장해서 안 된다고 설명한 뒤 인계하느라 자리를 비웠는데, 그사이에 보호자가 전기바리캉으로 환자 머리를 밀어서 상처가 난 적도 있어요. 자원봉사자가 있었으면 이런 일이 없었을 텐데 하는 생각을 할 수밖에 없었죠.

현재 환자 한 명에 상주 보호자 한 명이 규정이라 간병인이 있으면 보호자가 있을 수 없어요. 그러다보니 간병인 대신 보호자가 있는 경우가 많아요. 대부분 보호자가 환자 체위 변경을 해본 적이 없고 익숙하지 않으니 당연히 목욕은 할 수 없는 상황이에요. 그래서 생각한 게 물수건으로라도 닦아드리자는 거였죠. 저희가 보호자와 함께 정성껏 닦아드린다고 해도 환자가 만족할 만큼은 아닐 거예요. 하지만 아쉬운 솜씨라도 이전보다 좀더 나았는지 환자들이 감사하다고 말씀하고 좋아하세요. 자원봉사자가 있었다면, 목욕이나 이미용 등을 원하는 때에 할 수 있었을 텐데 하는 아쉬움이 커요.

권신영 외부인 출입이 어려우니 정말 어려움이 많네요.

간호사 3 외부인뿐만 아니라 거리두기 단계가 올라가면서 전염을 막기 위해 병원 내 병동 간 이동도 하지 말라고 하던 때도 있었어요. 호스피스 팀은 아시는 것처럼 의료진 외에도 요법치료사나 사회복지사 등 다학제 팀으로 구성이 되고, 저희 병원에서는 성직자도 포함이 되는데, 저희 병원 소속 수녀님도 못 올라오는 상황이 된 거예요. 그러면서 팀 모임도 달라졌어요. 원래 팀 모임은 직접 만나서 했는데, 지금은 비대면으로 해요. 자료 공유나 회의는 병원 SNS를 통해서 하고 있는데, 호스피스 팀으로 그룹을 만들었어요. 간호사, 레지던트, 의사, 영양팀장까지 그룹 채팅방에 들어와요. 그룹 채팅방에서 이번 주에 의논할 환자를 먼저 정해요. 그러면 팀원들은 각자 상담한 결과와 관찰한 내용을 월요일이나 화요일에 그룹 채팅방에 올려요. 팀원 중 한 명이 이 내용을 취합해서 목요일에 공유해주고요. 그런 다음 날짜를 정해서 그룹 채팅방에서 다 함께 해당 환자를 주제로 논의하는 거죠. 이렇게 하니까 더 많은 팀원들이 시간과 장소에 구애받지 않고 자료를 보는 것 같아요. 이전에는 팀 모임을 하면 근무자만 모였는데, 이제는 온라인으로 파일을 올리니까 초대된 사람들은 다 읽어볼 수 있죠.

권신영   다학제적 소통은 훨씬 좋아졌겠네요.

간호사 3   네, 저도 더 좋아졌다고 생각해요.

비수도권 상황

권신영   외부인인 성직자 방문, 요법치료사나 자원봉사자 방문에 대한 지침은 어떠세요?

간호사 4 자원봉사자들은 탄력적으로 운영했어요. 저희는 수도권이 아니라서 확진자가 줄어들었을 때 일주일에 한 번은 목욕할 수 있었어요. 기독교 봉사 단체에서 마사지도 종종 해주러 왔는데, 확진자가 많아지니 목욕과 마사지하러 못 온 게 2~3개월 된 것 같아요. 저희가 출입을 차단해서 못 오는 경우도 있었지만, 코로나19 초기 상황에는 집에 아기가 있는 요법치료사나 자원봉사자가 방문 요청을 거절하는 경우도 있었어요.

한번은 병원에 있는 원목실에서 목사님이 예배를 드린 적이 있었어요. 이 사실을 알게 된 수녀님이 목사님을 병원 감염관리팀 담당자에게 제보를 했어요. 천주교는 확진자가 증가하니까 미사도 안 드리는데, 목사님이 예배를 드린다는 거죠. 결국 예배도 없어졌어요. 그 수녀님은 저희 병동에 팀 회의만 하러 오세요. 버스를 타고 다니니까 그러다 감염되면 환자에게 옮길 수 있으니 환자 방문을 안 하겠다 하셨어요. 그래도 환자에게는 영적 돌봄이 필요하니

원내 수녀님과 목사님은 환자를 만나시라 했어요. 물론 외부 성직자는 못 들어오게 하고요.

권신영 코로나19 대유행 시기에 호스피스 서비스를 받는 환자에게 가장 중요한 것은 뭐라고 생각하세요?

간호사 4 일단은 환자가 기대여명에 맞추어서 마무리를 잘하고 가실 수 있도록 하는 것이 저희 목표예요. 이 목표는 코로나19 발생 전이나 후나 동일하지만, 코로나19가 발생하면서 어려워진 지점들이 있어서 저희가 노력해야 하죠. 예전에는 가족들이 스스로 환자를 보고 가고 그랬는데 지금은 저희가 가족 방문에 관해서도 신경 써야 해요.

환자 목욕이나 상주 보호자 컨디션 관리도 저희가 잘 살펴야 하는 때인 것 같아요. 지금은 방문 제한 때문에 자원봉사자가 올 수 없어서 환자 가족이 환자 목욕을 시켜주고 있어요. 예를 들어 아버지가 환자라면 주말에 하루 날을 잡아서 아들이 와서 해주고 가는 거죠. 하지만 경험이 없으면 어려운 일이라 저희가 돕기도 하지만 환자가 만족스러워할지는 모르겠어요. 또 이전에는 상주 보호자가 지쳐 있고 그러면 요법치료사가 아로마 요법 같은 것으로 보호자를 살펴주기도 했어요. 그런데 지금은 이런 부분도 잘 안 되니까, 상주 보호자가 환기될 수 있는 이야기를 많이 하려고 노력 중이에요.

권신영   코로나19 대유행 시기에 호스피스 병동 환자에게 필요한 것은 가족의 든든한 지지와 다학제적 접근이 더 잘되는 것이라고 했어요. 그러면 이 시기에 호스피스 서비스를 제공하는 간호사에게 가장 중요한 것은 무엇이라고 생각하세요?

간호사 4   일단은 입장을 바꾸어 생각하는 것이 간호사에게 필요한 것 같아요. 내 가족이라면 이런 상황에서 나는 어떻게 할까 생각하면서 말하고 행동하는 게 중요한 것 같아요. 원칙만 이야기하면서 환자 가족들에게 상처를 주고 마음을 아프게 하지 않았을까 하는 생각이 자주 들거든요. 그 가족의 마음을 읽고 조금 살펴보고 상처 안 주면서 방역 수칙을 잘 지키게끔 하는 게 필요한 것 같아요.

가족의 방문도 제한하는
방역 수칙

코로나19 확산에 따라 감염병에 관한 병원의 운영 방침 및 서비스 중 가장 큰 변화가 바로 방문 제한입니다. 핵심 내용은 환자와 보호자 모두 PCR 검사를 받아 음성이 확인되어야만 입원하거나 병동을 출입할 수 있고[+], 상주 보호자는 출입증을 발급받아야 하며, 동시에 1인 이상 환자 곁에 머물 수

[+] 2020년 하반기부터 PCR 검사를 받고 음성이어야만 입원하거나 병동을 출입할 수 있었습니다. 2022년 3월 현재, 상주 보호자의 경우 내원일 기준 2일 이내 시행한 PCR 검사의 결과가 음성이어야 하며, 검사 결과지(검사 결과 보고서) 또는 문자를 제시해야 합니다.

없습니다. 만나고 싶은 가족 및 지인과의 만남은 영상통화와 같은 비대면으로 가능하며, 호스피스 병동에서의 가족 교육은 개별 또는 유선으로 해야 합니다. 다만, 호스피스 병동 환자 다수가 이러한 매체에 익숙하지 않은 고령층이며, 고령 환자의 지인과 형제 역시 비슷한 연령이라는 것을 고려하면, 비대면 방식의 만남이 환자에게 얼마나 효과적일지 모르겠다고 말한 간호사도 있었습니다. 또 면회는 직계가족만 가능하고, 가족이 외국에 거주하는 경우 입국 후 격리로 인해 끝내 만나지 못하는 상황을 목격하면서 많은 간호사가 방문 제한 기준이 좀더 유연하게 적용되기를 바랐습니다.

영상통화로 만나는 가족

권신영 코로나19 대유행 이후 호스피스 병동 간호 업무나 지침에 가장 큰 변화는 무엇인가요?

간호사 1 병원에 오시는 분들을 직계가족으로 제한하고 환자 곁에 한 분씩만 계시게 하는 거요. 만약 간병인이 있는 경우 환자 가족이 오시면 간병인은 현관 통제소로 내려가고 가족 한 분이 병실로 올라오는 형식으로 해서 환자를 만날 수 있게 했어요. 지금은 환자를 방문하면 방문일지를 작성하도록 안내하고 손 씻기도 요청을 드려요. 병동에서 마스크 착용도 필수는 아니었는데, 이제는 보호자들도 다 마스크를 쓰고 있어야 하고요. 원칙적으로는 호흡곤란 환자를 제외하고 모두 마스크를 착용해야 해요. 나머지는 그냥 표준주의[+]에 준해서 했던 것을 지속하고 있고요.

권신영 보호자 관리뿐만 아니라 말기 상황에 섬망 같은 증상을 보이는 환자의 마스크 착용도 쉽지 않을 것 같은데요.

간호사1 솔직히 쓰고 있는 것이 힘든 게 사실이에요. 설령 마스크를 쓸 수 있는 상황이라고 하더라도 저희가 환자의 표정이나 미묘한 감정 변화를 확인하고 정서적으로 지지해야 하거나 간호해야 할 때 방해가 되죠.

[+] 환자에게서 나오는 혈액, 체액, 분비물 등으로부터 감염되는 것을 막기 위하여 마련된 기본적인 주의 지침입니다. 혈액, 체액, 분비물 등을 만질 때 깨끗한 장갑을 착용하고, 오염물과 접촉했을 때 즉각적으로 손을 씻는 등의 예방법입니다.

권신영   아무래도 그렇죠.

간호사 1   네. 환자 감정을 컨트롤해주는 것도 간호에서 필수적인 요소인데, 그게 너무 어렵고 그러니까 마스크를 내려서 확인하기도 하고요.

권신영   코로나19 대유행이 환자, 환자의 가족과 지인들에게 어떤 영향을 주나요?

간호사 1   일단은 찾아오지 못하는 것, 만나지 못하는 것이 가장 안타까워요. 부모님이 위독하다는 소식을 듣고 외국에 사는 자식이 귀국했는데 격리는 해야 하고, 부모님은 돌아가시게 생겼고. 그래서 격리 기간으로 인해 못 오신 분들도 있어요. 딱 한 분이지만 오신 분이 있기는 해요. 그때 보건소에 연락해서 레벨D 방호복을 입고 오셨는데요, 그 절차가 너무나도 복잡했어요. 의료진 외에 착용 선례가 없었고, 이러한 감염병 상황도 처음이라 여러 논의가 필요했어요. 가족이 가족을 만나지 못한다는 것. 이렇게 '인륜을 지킬 수 없는 상황이 오는구나' 하는 그런 생각이 많이 들었어요. 물론 바이러스가 사람을 가려서 오는 것이 아니기 때문이긴 하지만요.

권신영 요즘 방문 제한으로 환자와 가족들을 영상통화로 만나게 한다고 하던데 실제로 영상통화를 주선하신 적 있어요?

간호사 1 가족들이 올 수 없고 더군다나 어린 손주들을 보고 싶어하는 환자들한테는 영상통화를 많이 추천했어요. 설령 의식이 없는 분이라고 하더라도 아이들의 목소리를 듣는 것만으로도 눈빛이나 미간의 떨림, 웃음 짓는 표정 같은 게 달라지는 것을 보고, 직접 대면은 아니지만 이게 지금 우리가 할 수 있는 최선이겠구나 싶었어요.

　　　우리나라에 거주 중인 교포인 환자가 계셨는데, 손자, 손녀, 친인척들 모두 외국에 살았어요. 외국에서 오려면 우리나라에 들어와서 격리하고, 격리 후에 PCR 검사 음성이 나와야 하고 그러는데, 환자가 그때까지 버티기 어려웠어요. 그런데도 환자는 가족들과 영상통화할 때는 강한 척하시더라고요. 저는 그 모습을 지켜보는데 너무 마음 아픈 거예요. 환자가 가족 한번 만져보지 못하고 통화로 "나 잘 있어. 잘 있으니까 걱정하지 말고 잘 살아." 이렇게 마지막 말씀하시고 돌아가셨어요. 이런 상황이 너무 안타까웠고 제가 손자, 손녀 역할을 대신 해줄 수 없잖아요. 저는 그분의 가족도 아니고 그냥 간호하는 간호사니까.

권신영   그래도 영상통화로나마 얼굴을 보고 목소리를 듣는 게 환자들에게 많이 힘이 되었겠어요.

간호사 1   네. 그랬으면 좋겠어요. 그리고 형제자매 같은 가족들이 면회할 수 있는 방법도 좀 찾았으면 해요.

권신영   어떤 점에서요?

간호사 1   아무래도 자녀나 손주는 젊으니까 영상통화를 익숙하게 할 수 있지만, 형제자매, 지인은 대부분 연로해서 그렇지 않은 경우가 꽤 많거든요. 환자가 돌아가시기 전에 얼굴도 못 본다면 그게 그분들 입장에서는 너무 서운하지 않을까요. 환자들이 입장에서도 단절, 차단 같은 감정을 느껴야 하잖아요. 코로나19가 너무 야속하고 빨리 없어졌으면 좋겠다 생각했어요. 우리 환자와 보호자 삶의 질을 뚝 떨어트리니까요.

지쳐가는 상주 보호자

권신영 코로나19 행동수칙 안내 중 만성질환자, 만성호흡기 질환, 암환자 등이 고위험군으로 분리되어 있잖아요. 그래서 요양병원이나 노인요양시설은 임종이 임박한 상황에서 비대면으로 만나거나 임종 전에 연락해서 임종 후에 만나게 했지요. 호스피스 병동도 고위험군에 해당하는, 면역력이 낮은 말기암환자들이 머무는 곳인데, 어떤가요?

간호사 2 저희도 고위험군에 해당하는 면역력 낮은 말기암환자들이 머무는 곳이라 방문을 제한하고 있어요. 그래도 환자와 가족이 마지막 과정을 함께할 수 있도록 해요. 코로나19 유행 이전에는 될 수 있으면 많은 가족이 환자 임종을 할 수 있게 안내했고, 어린아이도 올 수 있었어요. 지금은 직계가족이 아니거나 어린아이라면 올 수 없어요. 충분히 애도할 수 있는 시간을 가족들이 못 가져요. 그런데 솔직히 환자의 삶에서 직계가족보다 더 소중한 가족이나 지인이 있을 수 있거든요. 환자에게 정말 소중했던 사람이 못 오는 상황도 발생하고 있어요. 그래도 환자와 가족들은 호스피스 병동이 제한적이나마 서로 만날 수 있고, 말기 상황에서 환자뿐 아니라 가족을 상담하고 위로하며, 환자 임종 과정을 의료진이 함께 돌보는 공간이라고 인식하는 것 같아요.

권신영   호스피스 병동에 관한 인식이 달라진 거네요.

간호사 2   네. 맞아요.

권신영   방문 제한 때문에 많이 안타까웠던 것 같은데, 이 수칙으로 인해 호스피스 병동 간호사로서 힘든 점도 있나요?

간호사 2   힘들다기보다 방문 제한이 여러 상황을 어렵게 해요. 그니까 저희가 보통 담당 환자를 케어하면서 환자 보호자도 같이 케어하게 되잖아요. 그런데 방문 제한이 생기고 가족 중 한 명이 상주 보호자로 간병을 도맡게 되면서 정신적으로 신체적으로 지치는 걸 보게 돼요. 환자 상태는 나빠지고 있는데, 혼자서 돌보고 있고, 다른 가족에게는 나빠지는 상태를 전해야 하고, 어쩌면 혼자 임종을 맞아야 하는 부담감까지 안고 있으니까요. 그동안은 가족 중 한 명이 간병을 하더라도 다른 형제나 친척이 역할을 일부 분담하거나 쉴 수 있게 교대를 하면서 많이 도왔어요. 시간을 내서 찾아와 말벗이 되어주기도 하면서 지치거나 힘들지 않도록 했죠. 그런데 지금은 그마저도 안 되는 거예요. 상주 보호자가 지치고 스트레스를 받으면 그게 환자에게 돌아가고, 그러면 저희도 환자를 대하는 데 있어서 어려움이 많아요.

그래서 저희는 최소한 환자가 임종실로 전실하면 가족 한 명이 아니라 여러 가족이 돌아가며 환자의 곁에 함께 있어주고, 환자의 가족들이 옆에서 서로 이야기도 나누고 그럴 수 있었으면 좋겠어요. 원래는 저희가 가족들에게 환자를 안아주고 곁에 있어주고 임종할 때 옆에 누워도 된다고 설명해왔잖아요. 그게 환자에게도 가족에게도 굉장히 소중한 기억일 텐데 그런 것들이 이루어지지 않아서 그게 굉장히 죄송하고 속상한 상황이에요.

방문 제한 관리의 어려움

권신영   코로나19 대유행 시기에 돌봄과 관련해서 변화된 것이 있어요?

간호사 3   방문 제한 때문에 상주 보호자가 아니면 다른 분들은 영상통화로 만나야 하는 상황이에요. 이 상황에 대해서 외부에 있는 가족들은 이해하는데, 병동에만 있는 환자는 종종 이해하지 못하기도 했어요. 영적 돌봄에 관해서도 방문 제한을 받아들이지 못하는 경우가 있었죠.

한번은 지역사회에서 교회를 다녔던 환자가 자신이 다니던 교회의 목사님에게 세례받기를 바란 적이 있어요. 하지만 방문 제한 때문에 원내 목사님을 통해서 세례를 받게 해드렸죠. 그렇게 해드리려면 저희가 환자에 대한 인계가 필요하니까, 업무적으로 부담이 되기도 해요. 그래도 그게 이곳에 계신 분들이 모두 안전한 방법이니까 괜찮아요. 하지만 방문 제한이 있으니 원내 목사님을 연계해드리겠다 하고, 인계를 기록으로 남겼는데도 협조되지 않았던 적이 있어요. 외부 목사님이라고 말을 안 하고 병동에 올라오셔서 예배를 본 적이 있었거든요. 외부에서 오신 목사님은 여기만 오시는 것이 아니고 여러 사람을 만나는데, "예배 목적이 아니고 여기 잠깐 볼 일이 있어서 왔다. 근래에는 대면예배를 안 드렸다." 하고 예배를 드렸대요. 그래서 담당 간호사가 감염 관리 차원의 방문객 관리가 잘 안 된다면서 속상해했던 기억이 나요.

권신영 다른 부분에서 달라진 것도 있을까요? 상담하면서 겪는 어려움이 있다면 이야기해주실 수 있으세요?

간호사 3 요즘에는 자녀들이 외국에 나가 있는 경우가 많아요. 그런데 외국에서 오게 되면 2주 정도 격리를 해야 하는데, 이에 대해 설득하는 것이 굉장히 어렵더라고요. 한번은 환자의 첫째 아들이 외국에서 들어와서 격리 중이었고, 둘째 아들과 환자의 배우자가 교대로 간호하고 있었어요. 그런데 첫째 아들이 아무 증상이 없는데 왜 못 오게 하느냐고 하더라고요. 그래서 환자 배우자에게 설명했는데, 그 가운데 '누구는 되고, 누구는 왜 안 되냐'고 오해가 생기면서 환자 배우자가 항의하는 일이 있었어요.

　　　이런 경우에는 우리가 직접적으로 나서서 항의를 받지 말고 감염관리팀에 직접 연결하거나 담당 주치의가 설명하는 것으로 대응하자고 인계 노트에 길게 썼죠. 그런데 사실은 의사가 설명한다고 알아듣고 간호사가 설명한다고 못 알아듣고 이런 부분이 아니라 의사소통 문제거든요. 직접 얼굴을 보고 이야기하거나 보호자들이 방문했을 때 설명을 하면 충분히 납득하는데, 전화로 설명하거나 환자의 보호자가 상황을 전달할 때 "외국에서 오면 완전히 안 된단다. 아버지가 돌아가셔도 안 된단다." 하고 감정적으로 말하면, 안타까운 상황이 생기더라고요.

권신영　의사소통에 문제가 생긴 거네요.

간호사 3　네. 환자가 임종기에 들어서면 외국에서 온 가족이 격리하는 2주⁺를 기다리지 못하는 경우가 있어요. 그러면 환자 가족도 그렇지만 간호사도 '격리 해제가

✚　2022년 3월 현재는 장례식 참석 등 인도적 목적으로 입국한 경우 격리면제서를 발급하여, 격리에 예외를 두고 있습니다.

며칠 안 남았는데, 며칠만 지나면 되는데' 하고 마음을 졸여요.

한번은 환자의 아들과 딸이 다 외국에 있었는데, 격리를 먼저 마친 아들이 환자 간호를 했어요. 아들이 와서 정말 다행이었지만 환자는 딸이 오기를 굉장히 기다렸거든요. 컨디션이 안 좋았는데 딸이 오는 그날까지 버텼어요. 딸이 오고 24시간 지나고 나서 임종하셨거든요. 그래서 정말로 감사했죠. 그리고 아주 다행인 것은 그 보호자가 '어머니께서 우리 오기를 기다려줬다. 병동에서 엄마와 가족들을 위해서 신경 쓰고 돌봐준 것 알고 있다. 감사하다.' 이런 말을 해줬을 때 정말 감동이었죠. 다른 환자의 보호자가 "엄마가 힘든데 따님을 기다리셨나보다."라는 이야기를 했대요. 환자 따님에게 이 이야기가 어떤 의미였을지 잘 모르겠는데, 저는 덧붙여서 이렇게 말씀드렸어요. "따님에게 정말 감사하고, 이 시간이 다 허락된 것이 감사하고, 따님이 오셔서 '나에게 하루밖에 없어'라고 생각했다면 굉장히 슬펐을 텐데, 적극적으로 어머니 씻겨드리고 찬송가도 틀어주고 그런 것에 감사합니다."

24시간이라는 시간이 주어졌을 때 비관하거나 무료하게 보냈을 수도 있는데, 그분이 그 시간을 잘 보낸 것이 정말 감사했어요.

가족의 빈자리를 채우려고
노력하는 간호사들

권신영 혹시 자녀들이 해외에 있어서 임종을 못 지킨 그런 경험은 없어요?

간호사 4 많아요. 한국으로 넘어와서 20년 동안 바닷일 하셨던 중국 교포가 있었는데 외동아들은 중국에 있었어요. 한국에는 부모님만 계시니까 아들이 오려고 했거든요. 그런데 아들 있는 곳이 하필 중국이잖아요. 그리고 중국에서 지역봉쇄가 되었던 곳에 살았던 거예요. 그래서 아들이 끝내는 한국에 오지도 못하고 환자는 돌아가셨어요. 환자는 어쩔 수 없다고 받아들이고 임종하셨거든요. 차라리 화를 내고 그랬으면 좀 나았을 텐데 정말 마음이 아팠어요.

미국에 계시는 분들은 또 왜 그렇게 많아요? 미국에 자녀들이 유학 가서 거기에서 살고 있다거나, 시민권이 아니라 영주권이라서 대표로 한 분만 온다거나, 미국에 있지만 넘어오기 힘든 상황인 예가 있었어요. 어떤 경우든 해외 입국자는 격리를 해야 하니까 그 격리 기간에 환자가 돌아가셔서 임종을 지키지 못하는 안타까운 상황이 많았죠.

권신영 코로나19 대유행 시기에 호스피스 서비스를 받는 환자에게 가장 중요한 것은 무엇일까요?

간호사 4 저는 어느 원칙 하나에만 치중하지 않고 환자의 상황을 잘 이해하는 간호사가 필요하다고 생각해요. 어찌 보면 마지막 순간에, 그리고 가족이 못 보는 순간에도 가족을 대신해서 같이 있어줄 수 있는 사람들이니까, 가족만큼은 아니어도 조금 더 환자의 말에 귀 기울이고 코로나19가 유행하기 전보다도 더 환자를 이해하는 능력을 키워야 한다고 생각하거든요. 물론 힘들기는 한데 누구보다 더 힘든 상황에 놓인 건 환자이니까요.

권신영　코로나19 상황에서는 특히나 가족이 옆에 있을 수 없는 일이 많으니까 간호사의 역할이 중요하다고 생각하는 거죠?

간호사 4　네. 늘 환자 옆에서 환자를 잘 돌볼 수 있는 포지션이니까요.

권신영　또 어떤 부분이 중요할까요?

간호사 4　환자에게 이 상황에 대한 정보를 잘 줘야 할 것 같아요. 환자는 병원에만 계시잖아요. 그래서 듣기만 하고 심각성을 잘 모르는 분들도 많고 그래요. 그러니까 환자와 가족에게 단순히 만날 수 없는 상황이라고 알려주기보다 왜 만날 수 없는 상황인지, 만나려면 어떻게 해야 하고, 어떤 수칙들을 지켜야 하는지를 잘 전달해야겠죠.

권신영　지식도 있어야 하고, 환자를 이해하는 능력도 있어야 하고, 가족과 같은 친밀함을 가져야 한다는 말씀인데 그것 말고 다른 것은 뭐가 있을까요? 의사소통 기술은 어떻게 생각하세요? 예전에는 대면으로 가족을 상담했다고 하면 지금은 가족이 한 명만 상주하니까 전화로 상담하는 경우도 있잖아요.

간호사 4 대면 제한이 있어서 확실히 어려움이 있었어요. 원래는 임종 전에 가족을 다 모아서 상담하는 장을 마련하는데, 지금은 그럴 수 없는 상황이니까, 환자 가족 중 대표로 한 명만 상담하고, 상담한 분에게 다른 가족에게는 전화로 알리라고 하는 상황이에요. 그러다보니 저희가 전하는 이 상황을 제대로 인식하고 전달하느냐를 확인하기 어려우니까 그런 부분이 답답하죠. 임종 상담은 잘해야 하는 부분인데 코로나19 유행 이후로 저희가 더 부담을 느끼고 있어요.

권신영 제대로 전달되지 않는 경우가 많나요?

간호사 4 실제로 임종과 관련하여 전달받은 다른 자녀가 전화가 와서 내용을 다시 확인하기도 해요. 한번은 이런 적이 있었어요. 재산 문제가 복잡한 환자가 있었는데, 대표로 아들에게 임종 상황을 전하고 임종이 임박했을 때 연락했어요. 그런데 몇 시간이 흐르고 딸에게 연락이 온 거예요. 환자가 임종이 임박했는데 왜 연락을 안 줬냐고 따졌어요. 저희는 '아드님께 연락해서 코로나19 상황이니까 가족이 모두 오시기는 어렵다고 말씀드렸다. 그래서 아드님이 오셔서 임종도 보셨다.' 하고 말씀을 드렸어요. 이런 상황을 우려해서 가족들에게 꼭 전달해달라고 연락을 드렸는데, 딸은 들은 게 없다고 격앙된 목소리로 전화를 하니 담당 간호사가 '오빠와 통화해보시라.' 하고 마무리는 했어요.

이런 일 외에도 대면으로 상담을 해도 같은 말을 다르게 받아들이는데, 전화로 상담하는 것은 더 한계가 있다는 생각이 들 때가 꽤 있었어요. 대표 보호자에게 상황을 알렸는데도 듣지도 못했다고 항의가 오면 어떻게 말을 해야 하는지, 상담 내용과 의도를 다르게 받아들이고 전달해서 가족들의 견해가 다를 때는 어떻게 해야 할지 때로는 막막하기도 했죠.

최근에 1인실에서 돌아가신 할머니 한 분이 계셨는데, 혼자서 6남매를 키우고 손주 사랑도 대단했거든요. 손주 한 명이 공부를 잘해서 영국에 나가서 공부하고 있다고 자랑을 많이 하셨는데, 손주가 끝내 못 왔어요. 손주를 보고 싶어하고, 할머니 상태가 폐암이어서 호흡곤란도 있고 증상이 심해지고 임종이 얼마 안 남은 것 같아서 영상통화를 해드렸어요. 손주도 엄청 울었어요. 영상으로 통화하는 게 그래도 돌아가시는 분에게 남을 수 있는 한을 조금은 해소해드리지 않았나 생각해요. 영상통화를 시켜드린 건 잘한 일인 것 같아요.

권신영   그 순간에 보람을 느낀 것 같은데요. 최근에 호스피스 서비스를 제공하면서 가장 보람을 느꼈던 경험을 말씀해주실 수 있나요?

간호사 4   환자와 보호자가 고맙다고 이야기할 때 보람이 있어요. 얼마 전에 할머니 한 분이 저희를 울리셨는데, 할머니가 처음에는 병원을 싫어했어요. 병원은 사람 냄새가 안 나고 각박하다 그러셨죠. 호스피스 병동에, 특히나 1인실에 계시니까 다른 사람 보기도 어렵고, 매일 간병인만 보고, 가족도 가끔 오니까 매일이 똑같은 거예요. 그러다가 매일 보는 사람이 간호사와 의사이니까, 저희를 편하게 생각하면서 차츰 변해가는 거예요. 한 달 계시다가 가셨는데 점점 농담도 하시고. 처음에는 말씀도 안 하셨거든요. 깜짝 놀랐던 게 저한테 관심이 없는 줄 알았는데, 어느 날

"애기가 잘 크고 있구먼." 이렇게 말씀을 하시는 거예요. 제가 임신 중이었는데, 할머니는 계속 보고 계셨던 거죠. 그때 약간 울컥하고 감동했거든요. 알고 계셨냐고, 모르시는 줄 알았다니까, "다 알고 있지." 그러면서 조심하라고 말씀해주셨어요. 나중에는 할머니 아들이 임종하는 날 간호사실에 오시더니 선물을 주시는 거예요. 할머니가 유언을 남기셨대요. 호스피스 병동에 처음 왔을 때는 자기를 버린 것 같고 괘씸했는데, 지내보니 '사람 냄새가 난다'는 표현을 하셨다고 해요. 간호사들이 매일 매일 돌봐주니 손주들처럼 생각도 되고, 그러면서 저희한테 가족 냄새가 났다고, 간호사들에게 선물을 꼭 주라고 유언으로 남기고 가셨다는 거예요. 요즘에 코로나19 때문에 가족도 못 보고 그러는데, 저희 간호사들이 그래도 가족 같은 역할을 했구나 하는 그런 생각을 하면서 모두 울었어요. 감염병 유행 상황에서 사람을 무서워하고, 경계하는 중이었는데, 사람 냄새가 난다고 하니까 굉장히 울컥하고 계속 기억이 나고 그러네요.

환자 안위를 최우선으로

권신영 코로나19 대유행 시기에 어떤 걸 가장 신경 쓰세요?

간호사 5 저부터 전파를 시키지 않도록 주의하고 있어요. 뉴스를 보면 다들 직장에서 전파가 되더라고요. 저희는 코로나19 백신접종 우선대상자라 먼저 백신을 맞기는 했지만, 입원하는 환자나 보호자처럼 PCR 검사를 하지 않아서 외출을 안 하게 돼요. 요양병원 같은 곳도 간병인이나 직원이 감염되어 전파되는 거지, 환자한테서 시작된 곳은 없는 것 같아요. 간호사가 먼저 방역 수칙을 잘 지켜야 된다고 생각해요.

그다음은 환자의 몸을 편안하게 하고, 마음을 위로하는 걸 신경 쓰고 있어요. 아시다시피 말기암환자들은 통증조절이 중요하잖아요. 통증 관리 원칙에 따라 치료하면 90% 이상 통증이 나아지기도 하니까요. 대부분 약으로 통증을 조절하지만, 환자와 가족이 통증에 관해 의료진에게 자세히 말해주어야만 가장 좋은 방법을 찾을 수 있기 때문에, 이 부분을 환자와 가족에게 강조해요. 그리고 가족들이 염려하는 마약성 진통제 중독에 관한 오해나 통증 발생 이유, 사용할 진통제, 복용과 부작용 대처 방법 등을 교육하는데, 지금은 방문 제한으로 환자 곁에 한 명의 보호자만 상주할 수 있어서, 보호자가 바뀌면 다시 교육을 해야 하는 어려움이 있어요. 또 보호자가 자주 오거나 오래 환자 곁에 있을 수 없는 상황이 많다보니 환자 상태를 잠깐만 보고 오해하거나 통증이 갑자기 생겼다고 생각하는 경우가 많아졌어요. 보호자가 일주일 전에 왔을 때 환자 상태와 지금 상태가 다르니 이를 보고 호스피스 병동에서 나빠졌다고 생각하는 거죠. 그래서 교육을 하고 또 하고 그래야 하는 것 같아요. 보호자가 이해할 수 있도록 교육과 상담을 하는 게 저희 일이니까요.

권신영 그러면 이번에는 가장 보람을 느꼈던 경험을 말씀해 주실 수 있나요?

간호사 5 저희 환자 중 어린 자녀가 있는 분이 있었는데, 아이가 다니던 학교에서 확진자가 나와서 학교 구성원 전체가 자가격리를 해야 했어요. 엄마가 병원에 있고, 아빠는 직장에 다니며 밤에는 엄마를 간병하는 상황이니까 아이들 둘이서 자가격리를 하게 된 거예요. 초등학생인 큰아이가 유치원 다니는 동생을 돌보면서 지냈던 거죠. 환자가 임종이 가까워지고, 아이들도 계속 엄마가 보고 싶다고 하고. 그래서 저희가 보건소와 감염관리실에 계속 통화하고 알아봐서 아이들이 자가격리를 일시적으로 면제받아 엄마의 임종을 할 수 있게 했어요. 물론 며칠 걸리기는 했지만, 담당 간호사와 아이들이 보호장구를 착용하고 임종실에 들어갔어요.

권신영 아이들이 엄마를 만날 수 있었던 것이 보람이었던 거죠?

간호사 5 네. 안 될 줄 알았는데 임종 전에 만나게 해줄 수 있어서 기쁜 한편으로, 조금 더 일찍 만나게 해줬으면 좋았을 거라는 마음에 아쉬웠어요.

간호 업무의
변화와 딜레마

코로나19 대유행이 지속되면서 의료진과 사회복지사 이외의 호스피스 병동 구성원들은 외부인으로 규정되어 방문이 어려워졌고, 간호사는 여러 돌봄자 역할을 대신하는 동시에 관리자 역할도 맡게 되었습니다. 또 호스피스 서비스의 목표와 대치되는 일부 방역 수칙을 지켜야 하는 상황에 놓이면서 많은 간호사가 딜레마에 빠지는 등 심리적인 부분에도 큰 영향을 받고 있죠. 인터뷰에 응한 간호사 중 한 명은 "나는 말기 암이고, 이제 의사도 손쓸 방법이 없다. 그래도 코로나는 백신이라도 생길 것 아니냐. 나는 치료 방법이 없다는데."라는 환자의 말에 환자가 느끼는 죽음에 대한 두려움을 실감했다고 합니다. 따라서 코로나19 유행의 시대에 호스피스의 본질에 대해 생각하며 환자 돌봄도 이전보다 더욱 구체적으로 해야겠다고 다짐했다고 이야기하기도 했습니다. 많은 간호사들이 수시로 변하는 감염병 유행 상황에서도 이를 현명하게 극복하기 위해 인계 방식과 업무 루틴을 바꿔 적응하고, 환자에게 어떤 돌봄을 제공하는 것이 가장 중요한 일인지 끊임없이 고민하고 있습니다.

접촉 제한과 정서적 간호

권신영   코로나19 대유행으로 인해 호스피스 병동 간호 업무에 변화가 있었나요?

간호사 1   간호 업무 변화요? 음, 그런 것들이 있겠네요. 지금 병동에 있는 사람들은 하루에 두 번씩 체온 측정을 해야 해요. 보통 체온 측정은 1층 로비에서도 하지만, 방문객들은 간호사실에서 한 번 더 하고 병실로 들어가요. 상주하는 보호자들은 저희가 직접 체온 측정을 하고요. 간병하는 보호자가 바뀌면, "하루 두 번 간호사실로 오시거나 오실 수 없는 상황이라면 저희가 직접 가서 체온 측정을 합니다."라고 다시 설명하죠. 그런데 설명해도 따라주지 않는 때도 있더라고요. 방문객이 병동에 오면 방문일지 작성을 요구하는데, 작성이 잘 안 되는 경우도 있죠. 아무튼 이전에는 하지 않았던 업무예요.

권신영 방문을 제한하고, 방문객의 방문일지 작성과 체온 측정을 유도하고 이런 것들이 변화된 거죠?

간호사 1 네. 보호자 마스크 착용, 손 씻기, 기침 예절도 강조하게 되었어요.

권신영 신경 쓸 부분이 많아졌네요.

간호사 1 그것보다 접촉 제한 지침이 가장 신경 쓰이고 마음이 불편해요.

권신영 간호사가 환자를 간호할 때 접촉을 하고 그러잖아요. 그런 부분을 말씀하시는 거죠?

간호사 1 말기암환자일 경우 호흡이 어렵거나 여러 증상으로 마스크를 쓰기 어려운 경우가 대부분이에요. 그런데 마스크를 쓰지 않으면 코로나19 감염 위험이 있잖아요. 처치와 관련해서는 영향을 받지 않는데, 정서적 간호를 할 때 영향을 받아요. 이전에는 저희가 환자를 간호하다가 가슴 아픈 일이나 기쁜 일이 있을 때 많이 안아드리기도 했는데, 이런 횟수가 많이 줄었어요. 아무래도 저희는 외부 활동이 있으니까요. 마찬가지로 보호자가 병동에 오면 저희가 다독이고 그런 부분들이 있었어요. 환자뿐만 아니라 보호자를 돌보는 것도 저희가 하는 정서적 간호[+]이니까요. 예전 같으면 정말 곁에서 이야기를 나눴을 텐데 조금 거리를 두게 되어서 안타까워요.

의사소통의 어려움

권신영 코로나19 대유행이 시작되면서 어떤 변화가 있었나요?

[+] 환자의 정서적 요구에 대한 관심과 경청, 감정이입과 환자가 자신의 느낌이나 감정을 이야기 할 수 있도록 하는 것입니다. 정서적 지지는 환자를 위한 효율적인 간호가 됩니다.

간호사 2   워낙에 감염관리팀에서 관리하고 있지만, 환자들의 개인위생이나 마스크 쓰기, 손 씻기를 이전보다 더 많이 교육하고 있어요. 저희는 호스피스 보조활동인력도 있어서 그분들에게 일상에서 큰 모임이나 밀집 공간에서의 모임을 자제하라고 안내하기도 하고요.

권신영   병원에서 만든 지침도 있어요?

간호사 2   간단한 지침은 있어요. 공문으로만 간단하게.

권신영   공문에 어떤 지침들이 있어요?

간호사 2   모임이라든지 밀집된 공간에서 많은 인원의 활동을 피하고, 감염병 예방 수칙을 잘 지키라는 것이요. 회진할 때 마스크 착용 신경 쓰고, 거리 유지하고, 손은 잘 소독하라는 것 같은 것도 있겠네요.

권신영   회진할 때 마스크를 쓰고 있어서 의료진끼리 대화하는 데 어려움이 있었다거나 그런 적이 있어요?

간호사 2   당연히 있죠. '사회적 거리두기'를 해야 하는데, 저희끼리도 이야기할 때 잘 안 들리니까 거리 유지를 못 할 때도 있고. 특히 과장님이 이야기할 때는 더 잘 들으려고 신경 쓰는 데도 반은 못 들을 때가 있어요. 안 들려요. 그래서 회진 때 병실 밖에 나와서 "과장님, 아까 이렇게 이야기하셨는데, 제가 못 들어서요.”
라고 다시 여쭤보는 일이 생겨요.

권신영   놓치거나 실수하는 일은 없었나요?

간호사 2   말씀드린 것처럼 병실 밖에서 다시 확인하거나 해서
번거로울 뿐이지, 문제가 생기지는 않았어요. 마스
크 때문에 환자들이 의료진 구분을 못 하기도 해요.
과장인지, 코디네이터인지, 사회복지사인지. 비슷한
머리 스타일과 얼굴에, 눈을 빼고는 다 가리고 있으
니까요. 그래서 환자에게 사회복지사가 가도 ‘과장님
오셨냐’라고 하기도 하죠.

권신영   그렇겠네요. 그럼 환자가 의료진을 오인해서 곤란했
던 적은 없나요?

간호사 2   보통은 환자들이 저희를 잘못 알아봤다는 걸 저희
가 알아서 곤란했던 적은 없었어요.

권신영   다행이네요.

간호사 2   네, 맞아요. 마스크 때문에 의료진끼리도 소통이 지
연되지만, 저희는 오히려 환자와 접촉이 잦아서 마스
크로 인한 소통 문제는 환자와 더 많이 발생해요.

권신영   어떤 점이 그런가요?

간호사 2 환자에게 저희 이야기가 잘 안 들리니까 크게 크게 이야기하거나 환자 귀에다 대고 이야기를 해요. 예전 같으면 이렇게까지 안 했겠죠. 그렇다고 마스크를 내리고 이야기할 수는 없어요.

권신영 그러면 환자들은 마스크를 모두 썼어요?

간호사 2 의식이 있으신 분들은 마스크를 썼어요.

권신영 임종기에 있는 환자는요?

간호사 2 그분들은 못 씌우고요. ECOG 3[+]이거나 거동이 가능하면 마스크를 쓰게 하죠. 그런데 산소요법을 하거나 약간 섬망이 있거나 그러면 마스크를 못 써요. 이럴 때 저희가 참 난감해요. 환자는 호스피스 병동에 입원할 때 코로나19 음성 결과지를 가지고 오기 때문에 환자들 사이에서 감염될 확률은 낮아요. 상주 보호자도 PCR 검사를 받고 병원을 벗어나면 음성이 확인되어야 돌아올 수 있어서 마찬가지로 전파

[+] 암 환자의 일상생활 능력을 체크하고, 적절한 치료를 설정하고 평가하기 위해 ECOG(Eastern Cooperative Oncology Group)에서 만든 측정 지표입니다. ECOG 3는 질병 관련 증상들이 존재하며 하루의 50% 이상을 침대에 누워서 생활해야 하고 일상생활에 제약이 많은 상태입니다.

할 위험이 낮고요. 하지만 저희는 출퇴근하는 사람이라 외부에서 감염되어 환자에게 전파할 확률이 있거든요. 그래서 환자에게 마스크를 씌우려고 하는데, 섬망으로 인해 뜯어내면 못 씌워요. 저희는 환자를 보호할 의무가 있어서 최대한 조심하고 있지만, 마스크 착용 말고는 대안이 없어서 고민이 크죠.

환자 맞춤 간호 계획

권신영 요즘 어떤 부분을 가장 신경 쓰는지 말씀해주세요.

간호사 3 감염관리, 그리고 환자와 보호자를 교육하는 일을 신경 써요. 특히 자원봉사활동이 중단된 상황이라 환자의 개인위생이 이전처럼 안 되니까 구강간호✛에

✛ 고용량 항암화학요법과 방사선요법 후 면역저하로 구내염이 생길 수 있는데, 이때 2차 감염이나 외상 요인으로 악화될 수 있습니다. 따라서 중증도 이상의 구내염이 발생한 환자는 일반 칫솔로 양치질하는 것이 힘들 수 있으므로 거즈 등을 이용해 규칙적인 양치질을 하도록 간호사가 감독해야 합니다. 코로나19 유행 이전에는 자원봉사자나 간병인, 호스피스 보조활동인력 등 이미 전문적인 교육을 받은 인력이 맡아 하던 일이었습니다.

좀더 신경 쓰고, 상주 보호자가 있는 경우에는 환자의 개인위생을 어떻게 하는지에 대해 교육하고 있어요. 하지만 자원봉사자의 도움을 받을 때와 차이가 있어서 매우 안타깝죠.

권신영   호스피스 병동의 방역 지침에도 변화가 있죠?

간호사 3   초기에는 환자가 PCR 검사 자체를 일반 병동이나 다른 기관에서 하고 온다는 것이 원칙이었는데, 유행이 지속되면서 증상이 없으면 일반 병동에서 올라올 때는 검사를 안 하고 오기도 했어요. 우리 환자들은 원래 열이 나거나 가래가 끓는 증상이 생기잖아요. 그래서 병동에 올라와서 검사를 했죠. 규정은 있지만, 실제로 증상이 있을 때 1인실에 옮겨서 검사하거나 다인실에서 스크린 치고 검사를 하기도 하는 등 변동이 컸어요.

권신영   마스크를 쓰고 있어서 의사소통에 어려움을 호소하는 경우가 많던데, 선생님은 어떠세요?

간호사 3   연세가 있는 환자를 간호할 때 보호자도 연세가 많아서 귀가 안 들리는 분이 정말 많거든요. 청력저하가 있는 분들이요. 이전에는 크게 소리를 안 내더라도 입 모양이나 표정, 이런 것으로 충분히 전달할 수 있었어요. 아니면 귀에 가까이 대고 이야기하면 의사전달이 가능했는데, 지금은 마스크를 쓰고 있으니까 표정도 입 모양도 안 보이잖아요. 눈만 보이니까 상황을 전달하는 게 되게 어렵더라고요. 보호자에게 제 질문이 충분히 잘 들렸을 거라고 생각한 순간에도 잘 못 알아들어요. 그럼 두 번 세 번 이야기해야 하고. 정말 마음 같아서는 마스크 벗고 입 모양 보여주고 얼른 마스크 쓰고 싶은 충동이 있을 정도인데, 그게 안 되니까 가까이 가서 천천히 큰 목소리로 이야기하는 게 있어요. 그리고 마스크를 쓰고 있지 않았던 시절에는 환자나 보호자가 많이 힘들어할 때 간호사가 보호자의 마음을 알고 있다고 표정으로 전달할 수 있는데, 마스크를 쓰고 있으면 눈만 보여서 환자와 가족의 상황을 이해한다는 표정을 지어도 전달되지 않아요. 실제로 음성 전달도 잘 안 되지만, 음성 이외의 감정 교류도 잘 안 되는 거죠.

권신영   의료진끼리 의사소통은 어때요?

간호사 3   의료진끼리는 문제가 없어요. 의료적인 부분에서는 마스크를 쓴다고 크게 다를 게 없거든요. 제대로 알아듣지 못하면 다시 물으면 되고, 저희는 인수인계 등 기록을 통해서 소통하기도 하니까요. 한편으로 저는 지금처럼 마스크 쓰는 것이 좋아요. 더 안전한 느낌이 들고, 화장 안 해도 되고, 가끔은 표정도 숨길 수 있어서 좋아요.

권신영 좋은 면도 있네요.

간호사 3 네.

권신영 요즘은 이전처럼 환자들이 외출할 수도 없는데, 이 부분은 어떤가요?

간호사 3 기사를 봐도 그렇고 요양병원에서는 환자들이 버려졌다는 생각을 많이 한다고 해요. 가족도 곁에 없고, 면회도 안 되고, 집에 갈 수도 없고, 굉장히 힘들 것 같아요. 저희 병동은 보호자가 함께 있는 경우가 많지만, 그래도 집에 가고 싶어하는 환자들이 있어요. 집에 있는 반려견을 만나고 싶을 수도 있고, 사실 집에 아무것도 없어도 가고 싶을 수 있잖아요. 코로나 19 발생 이전이라면, 외출이나 외박을 하실 수 있겠죠. 그런데 지금은 외출하면 여러 사람과 접촉을 하고 오니까 환자가 집에 가고 싶다고 할 때 배우자나 자녀가 그 상황을 어떻게 대처할지 난감해해요. 그럴 때는 집을 영상으로 보여드리라고 권장해요. 그런데 이때 가족이 말하는 것보다는 가장 가까이에 있는 간호사가 말하는 것이 더 좋더라고요. 그리고 단순하게 "영상으로 통화하세요." 이렇게 끝내는 것이 아니라 "집에 뭐 보러 가고 싶으세요?" "집에 뭐 있어요? 집에 금덩어리 있어요?" 이렇게 웃으면서 자연스럽게 이야기하다보면 환자가 집에 가고 싶은 이유가 있거든요. 물론 그냥 단순하게 집이 보고 싶은 경우도 있고요. 그러면 가족들이 간병 교대할 때 이야기해주는 거예요. 집을 구석구석 잘 관리하고 있다고 보여주는 것이 좋겠지요. 집에 반려견이 있다면 간식을 먹거나 놀고 있는 모습을 보여주는 거죠. 그냥 피상적으로 답하는 것보다 보호자를 통해서 집의 상태가 안정적인 것을 확인하면 환자는 안심하더라고요.

권신영 어떻게 보면 환자의 심리적 안정을 도와주고 바람을 영상을 통해서라도 실현할 수 있도록 도와주는 상황인 거네요.

간호사 3　이렇게 하려면 간호사는 계속 생각을 해야 하는 것 같아요. 코로나19 상황이 아니더라도, 환자를 대할 때 뭘 해줄 수 있을지 생각하잖아요. 해줄 수 있는 일이 환자마다 다 다르니까요. 단순하게 구강위생이 필요하면 그것을 먼저 해줄 수 있을 거고, 가족과 연락을 끊었거나 만남이 없다면 팀원들과 상의해서 가족과 화해할 수 있는 자리를 만드는 최선의 방법을 찾아줄 수 있겠죠. 지금은 어렵지만 사실 저희가 코로나19 유행 이전에는 가족과 시간을 마련하기 위해 어떤 프로그램을 할지 많이 고민했잖아요.

권신영　프로그램을 한다는 게 어떤 건지 설명해주실 수 있어요?

간호사 3　거창한 건 아니고, 환자 생일이 가까워졌다면 생일 잔치에 가족을 초대한다거나, 미술이나 음악 요법 선생님에게 부탁해서 요법치료 프로그램을 통해 가족과 화해할 수 있는 시간이나 대화를 나눌 수 있는 시간을 마련해주는 것이요. 코로나19로 어렵지만 그래도 생일잔치는 몇 번 했거든요. 지금은 여러 제약이

있으니까 감염병 예방 수칙을 준수하면서 머리를 맞
대고 여러 가지 방법들을 같이 논의하는 게 환자들
을 위해 필요한 것 같아요.

권신영 환자 맞춤 간호 계획을 세우는 거네요?

간호사 3 네. 예전에는 보호자들 시간만 맞으면 이벤트를 했
지만, 지금은 그럴 수 없으니 환자가 무엇을 원하는
지 더 세심하게 살필 필요가 있죠.

변화된 인계 방식

권신영 코로나19 유행으로 바뀐 게 있다면, 어떤 것이 있어
요?

간호사 4 코로나19 발생 초기에 서면 인계로 바뀌었어요. 처
음에는 같이 앉아서 인계를 안 하다보니까 조금 삐
거덕거렸어요. 저는 병실을 돌면서 오늘 보호자들,
오실 분들을 카덱스⁺에 다 적어놓거든요. '오늘은 따
님이 잠깐 방문하고 갈 예정' '내일은 보호자가 바뀔
예정' 'PCR 검사를 할 예정' 이렇게 다 적어놓는데,

가끔 인계가 잘 안 되고 그러기도 했어요. 한번은 초번 간호사에게 '서울에 사는 환자 아들이 PCR 검사를 하지 않았지만, 잠깐 보고 간다고 하니까 10분간 면회를 시켜달라'고 했는데, 환자 아들이 늦게 도착하는 바람에 그사이 낮번 간호사로 바뀐 거예요. 그런데 이때 인계가 안 되면서 아들이 환자를 못 보고 돌아갔어요. 낮번 간호사는 서울과 수도권에서 코로나19 확진자가 많이 나오니까 안 된다고 했대요. 당시 저희 지역에 있는 요양병원에서 집단 감염이 발생해서 방역 수칙이 더 엄격했거든요. 다음 날 저는 당연히 만난 줄 알고 병실을 돌면서 환자에게 "어머님, 오늘은 오실 분이 없으세요?"라고 물었고, 그제야 어제 아들이 서울에서 왔는데 못 들어오고 그냥 갔다는 걸 알았어요. 코로나19 유행 이전에는 방문자 관리가 없었으니까 이 부분에 관해서 인계를 하지 않아도 됐지만, 지금은 간호사끼리 인계가 잘 안 되면 환

✛ 간호 계획을 실시하기 쉽도록 기록한 계획표를 말합니다. 환자별로 반드시 알고 있어야 할 것이나 간호처치에 대해 최소한으로 기입해두는 기록이라고 보시면 됩니다.

자 가족이 와서 못 보고 가는 일이 생기는 거죠.

그런데 지금은 변화된 상황에 적응하고 있어요. 저뿐만 아니라 다른 분들도 간호 기록을 엄청 상세하게 적어요. 서로 이야기를 할 수 없으니까요. 보호자 교대와 보호자가 했던 말을 다 적어요. 예를 들면 딸과 아들의 의견이 다를 수 있잖아요. 그래서 딸이 이렇게 말했고, 아들이 이렇게 말했다는 것을 간호 기록지에서 볼 수 있게 해뒀어요. 이렇게 하루를 되돌아보니까 이전에 말로 전달하면서 놓쳤던 부분도 상세히 적게 되어서 굉장히 도움이 되고 있어요. 코로나19가 종식된 이후에도 이 방식을 일부 유지하는 것도 좋을 것 같아요.

달라진 임종과
사별가족 돌봄

원래 여러 차례에 걸쳐 진행했던 임종 상담은 가족을 언제 만날 수 있을지 알 수 없는 현재 상황으로 인해 초기 상담 때 큰 비중을 두고 진행하게 되었고, 이로 인해 환자와 가족 모두 이전처럼 충분히 준비하지 못한 채 임종을 맞기도 합니다. 또 호스피스의 가장 마지막 단계인 사별가족 지지 모임 역시 감염병 예방 수칙의 영향으로 중단된 상태입니다. 호스피스 팀은 이 모임을 통해 사별로 인한 슬픔 과정에 대한 교육과 정보를 제공하고, 사별가족은 동변상련의 심정으로 서로를 위로하므로 매우 효율적이고 중요한 모임이라고 할 수 있습니다. 그러나 코로나19 대유행은 임종과 사별가족 관리에도 큰 영향을 끼쳤습니다.

임종 상황의 제약과 변한 풍경

권신영 코로나19 대유행으로 임종간호가 많이 바뀐 걸로 알고 있어요. 예전에는 임종간호를 할 때 가족들을 병원에 전부 오라고 해서 임종 상담도 했고, 모든 가족이 지켜보는 가운데 환자가 임종을 맞이할 수 있도록 도왔는데, 현재는 많이 바뀌었잖아요.

간호사 1 많이 바뀌었죠. 요즘에는 외국에 나가 있는 가족도 많이 있잖아요. 그런데 외국에서 우리나라에 들어오면 2주 동안 격리해야 해요. 그러니까 이전처럼 임종 상담은 할 수 없는 상황이에요.

　　　　최근에 임종한 환자도 가족이 외국에서 들어왔어요. 격리 기간을 끝내기 전에 환자가 임종을 앞두게 되었고, 그래서 격리 중이었던 가족이 관할 보건소 직원, 감염관리팀 직원과 함께 저희 병동에

왔어요. 임종실에는 격리 중이었던 가족만 레벨D 방호복을 입고 들어갔는데, 격리를 마친 게 아니라서 환자를 만질 수가 없었어요. 환자를 가까이 그냥 바라보고만 있었지요. 임종실 문은 다 열어놓고 저희 직원이 밖에서 감시하듯이 봤는데, 그때 그 상황에서 환자의 배우자도 그렇고 가족도 그렇고 많이 마음 아파했어요. 저희도 너무 안타깝고 그랬어요. 그래서 수간호사님이 가족을 많이 위로했어요.

캐나다에 손자가 있는 환자도 있었는데, 다행히 손자를 만날 때까지 계시기는 했어요. 하지만 저희 병동 환자는 컨디션이 빠르게 변하기 때문에 정말 마음을 졸였죠. 격리 기간이 좀 짧으면 좋겠다 싶었어요. 손자가 한국에 왔지만 할머니를 볼 수 없는 상황에서 생길 수 있고, 그런 상황이 생기면 많이 안타까우니까요.

임종을 앞둔 환자 가족들에게 실무적으로 지침을 설명하는 과정에서 약간 언성을 높이는 상황이 생기기도 했어요. 가족들 입장에서는 이제 다시는 볼 수 없는데, 만질 수도 없고, 충분히 애도할 시간을 가질 수도 없고, 하지 말라는 게 너무 많으니까요. 그래서 간호사가 감정적으로 소진되는 경험을 하기도 해요.

저희는 외부 성직자 출입을 제한하고 있는데, 얼마 전 병동에 가족이 아닌 것 같은 분이 계신 거예요. 그래서 관계를 물어보니까 동생이라고 이야기를 하는데, 아무래도 아닌 것 같은 거죠. 다시 확인하니 환자가 다니던 교회 목사라고 말을 바꾸셨어요. 지금은 병원 원목실 목사님 말고는 외부에서 들어오실 수 없다고 다시 한번 설명을 하는 와중에 환자가 마지막인데 왜 소원 하나 안 들어주느냐고 말씀하면서 눈물을 흘렸던 일도 있었어요. 원래 임종을 앞두고 종교가 없던 분도 종교를 갖는 일이 있을 만큼 임종을 앞둔 환자들에게 중요한 일이라 저희도 임종 상담 때 이런 부분을 세세하게 확인해서 환자가 원하는 임종을 할 수 있게 하는 게 기존의 돌봄 원칙이었어요. 그런데 지금은 방역 수칙이 가장 우선되는 원칙이라 저희도 업무를 하면서 많이 힘들었어요.

권신영 환자가 임종을 하게 되면 장례 준비를 해야 하는데 이 부분에도 영향을 미쳤을까요? 가족이 외국에 있는 경우뿐 아니라 여러 가족 구성원과 대면 상담이 어려운 때라 임종 상담에 영향을 받고 있잖아요. 임종 상담을 하면 장례식장에 대한 이야기도 나누는데, 이 부분은 어떤가요? 예를 들면 이전에는 환자의 고향으로 가거나 자녀의 집 근처로 갔을 텐데, 요즘은 환자 가족이 "그냥 이 병원에서 장례를 치러야죠."라고 이야기하기도 하잖아요.

간호사 1 대구에서 코로나19가 급속하게 확산되던 시기였는데 환자의 집이 대구 지역이었어요.✝ 가족들이 대구에서 와서 환자를 만나고 싶다고 그랬는데, 병원에 오는 것은 자제해달라고 말씀을 드렸어요. 저희가 장례시장으로 가시는 것까지 막을 수는 없지만, 병동에는 최소한 인력으로만 방문해달라고 했고요.

✝ 코로나19 발생 초기에 의료 기관 현관 통제소에서는 방문객의 여행 이력을 확인하였고, 방문 제한이 있었던 국가(중국, 홍콩, 마카오발 입국자)와 국내 코로나19 유행 지역에서 온 경우 (임종 상황이라고 하더라도) 면회를 금지하였습니다.

왜냐하면 우리 환자들은 면역력이 낮아서 이분들이 뚫리면 위험하다고, 협조해달라고 설명을 드렸거든요. 그랬더니 그 가족들은 이해해주어서 감사하게 생각했어요.

사실 장례식장도 거리두기를 하고 있잖아요. 환자의 가족 대상으로 임종 상담을 하게 되면 장례식장 관련 질문을 많이 받아요. 그래서 장례식장에 몇 명까지 방문할 수 있는지, 지인 방문이 가능한지, 입관과 발인 등은 어느 부분까지 허용되는지에 대해 장례식장에 전화 문의를 해서 임종 상담할 때 가족들에게 안내한 적도 있어요.

권신영 예전에는 제공할 필요가 없었던 정보까지 제공하고 교육하게 되는 거네요.

간호사 1 네. 저희가 조금 더 알아보고 안내해요.

권신영 보호자에게 장례에 관해 설명하는 데 시간을 더 할애하고 있는데, 그러면 혹시 임종 상담 내용이 달라지지는 않았어요?

간호사 1 처음에 입원할 때 임종의 증상, 임종 과정에 나타나는 증상을 좀 설명해요. 그러고 나서 임종기에 접어

들면 환자가 임종실로 이동하고, 임종실에서는 상주 보호자 이외의 가족이 한 명 더 와서 두 명이 있을 수 있다는 설명을 드려요. 그리고 임종이 임박하면 직계가족만 임종실에 올 수 있다고 말씀을 드리죠. 이런 상황은 이해를 구하는 데 시간이 좀 필요해요. 이걸 수용하려면 간호사와 가족 사이에 충분히 라포르 형성이 되어 있어야 해요. 그렇지 않으면 더 힘들더라고요.

권신영 어려움도 있지만 보람을 느꼈을 때도 있었어요?

간호사1 보람보다는 슬픈 게 더 많았어요.

권신영 이야기해주세요.

간호사1 저는 사별가족들이 올 수 있는 통로가 없다는 게 마음 아파요. 저는 좀 뵙고 싶거든요. 환자가 임종을 하면 거기에서 돌봄이 끝나는 것이 아니고, 사별가족까지 같이 생각을 하잖아요. 그런데 코로나19 때문에 사별가족 지지 모임을 할 수 없어요. 여러 방역 지침 때문에 이전처럼 모두가 함께하지 못하고 가족을 떠나보낸 상황이잖아요. 이럴 때 저희의 지지가 더 필요할 텐데, 사별 후 유가족들이 잘 지내시는지, 건강하게 생활하시는지 그런 걸 만나서 인사하면서 확인하고 싶어요.

권신영 그럼에도 불구하고 보람을 찾을 수 있을까요?

간호사 1 그런 게 있었어요. 가족조차 자주 방문할 수 없는 상황이잖아요. 그래서 환자의 컨디션이 변화되면 수시로 환자 가족에게 전화를 했거든요. 만약에 주 보호자가 큰딸이면 큰딸에게 전화해서 안부를 묻고, 환자 상태를 설명한 다음, "다른 형제에게 전화를 드릴까요? 아니면 큰따님께서 다른 형제분께 전화를 하시겠어요?"라고 물어봐서 "직접 전화를 주세요."라고 하면, 저희가 다른 가족에게도 직접 전화를 했어요. 왜냐하면 비의료진이 전달하는 것보다 의료진이 직접 안부도 묻고 환자 상태를 직접 설명하면 좀 더 정확하게 전할 수 있고, 궁금한 것도 설명해드릴 수 있거든요. 그렇게 전화를 드렸을 때 가족들이 많이 고마워했던 게 보람이었어요.

권신영 그러니까 대면할 수 없는 상황에서 가족들에게 전화로 설명하고 교육하는 기회를 더 만들어서 가족 상담을 해결할 수 있는 방법을 찾은 거네요.

간호사 1 저희 동료 간호사는 개별적으로 연락하기보다 가족들이 모였을 때 스피커폰으로 받도록 안내해서 임종 상담을 했어요. 그것도 되게 좋은 아이디어였던 것 같아요.

권신영 코로나19 대유행 시기에 호스피스·완화의료 서비스는 어떤 의미와 가치가 있을까요?

간호사 1 호스피스·완화의료에 대한 의미와 가치는 코로나 상황과 상관없이 똑같다고 생각해요. 한 사람의 임종이 가족 네다섯 명에게 영향을 미친다는 글을 본 적이 있어요. 이 말은 호스피스에서 좋은 죽음을 맞이하게 된다면 네다섯 명의 가족들이 좀더 건강하게, 좀더 빨리 일상으로 복귀할 수 있게 되는 거잖아요. 그걸 저희가 도와주는 거고요. 저는 그런 부분을 정말 크게 봤어요. 이게 바로 국민의 건강과 안전을 도모하는 게 아닌가 하는 생각을 했거든요.

게다가 저희도 '신환(새 환자) 창출'을 하고 있어요. 작은아버지가 저희 병동에서 돌아가셨는데 아버지를 모시고 온 케이스가 있었고, 이모부가 돌아가셨는데 아버지를 모시고 오거나, 아버지가 돌아가셨는데 어머니를 모시고 오시기도 해요.

권신영 호스피스가 예산만 쓰는 곳이 아니라 그래도 진료 수익도 올리는 곳이라는 말씀이지요? 그리고 선생님이 이야기한 것처럼 사별가족들이 건강하게 사회에 복귀할 수 있도록 돕는 것이 질적인 가치도 있는 일이라고 생각해요. 사별가족 지지 모임에 오시면서 건강해지는 가족들을 우리가 많이 봤잖아요.

간호사 1 그럼요. 사별가족이 건강하게 회복되어 사회에 적응하는 것을 돕는 일이 저희 일의 가치인 것 같아요.

권신영 사랑하는 사람의 상실을 경험했지만 건강하게 회복될 수 있는 것, 이런 것들이 호스피스의 의미와 가치인 것 같아요.

간호사 1 저는 그런 의미에서도 방문 제한을 안 했으면 좋겠어요. 가족 모두가 와서 임종 상담도 받았으면 좋겠고, 사별가족 지지 모임을 통해서 그분들이 일상으로 회복할 수 있도록 돕고 싶어요. 사별가족 지지 모임을 갖지 못한 가족들이 너무 궁금해요.

떨어지는 임종의 질

권신영   예전에는 환자 가족이 매일 환자를 보다가 코로나19 유행 이후 방문 제한 때문에 임종기에 연락을 받고 오는 등 상황이 많이 변했잖아요.

간호사 2   저희끼리 '코로나19 상황이 우리 환자들 삶의 질까지 안 좋아지게 했다' '임종의 질까지 떨어지게 되었다'라고 이야기를 나누기도 했어요. 예전에는 임종기에 환자를 독립적인 공간인 임종실로 옮기면, 보고 싶은 분들 최대한 볼 수 있게 하고, 가족들 편의도 봐주고 했다면, 지금은 직계가족이 아니면 최소한의 분들만 만나도록 안내하고 있어요. 환자 임종을 이렇게 맞이해야 하는 것이 방역 수칙이니까요. 이렇게 하니까 저희도 힘들고, 환자도, 가족도 힘든 거죠. 호스피스 환자라고 하더라도 갑작스런 임종이 있을 수 있잖아요. 아시는 것처럼 예전에는 환자 가족과 지인이 수시로 오고가고 하면서 환자를 봤다면, 이제는 면회 시간에만 볼 수 있고, 그러다보니 갑작스런 임종을 맞이하면 가족들에게도 갑자기 오라고 해야 하는 상황이라 심지어 가족이 임종을 못 보는 경우도 생겼어요.

권신영 임종을 못 보는 상황이요?

간호사2 물론 가족이 왔을 때 임종 선언을 했지만, 가족도 환자가 이미 임종을 하신 상태라는 걸 알죠. 입원할 때 "코로나19 유행 상황이어서 최대한 노력해서 임종을 볼 수 있도록 하겠지만, 갑작스런 임종 때는 그게 어려울 수 있어요."라고 이야기해요. 그렇다고 해도 예전과 지금을 비교하면 환자는 가족들을 보고 싶어도 자유롭게 대면할 수 없는 실정이고 가족들이 환자가 보고 싶다고 하더라도 임종 직전에야 만날 수 있으니 환자가 소외된 것 같은, 임종의 질도 떨어진 것 같다는 생각을 한 적이 있어요. 환자 본인도 임종이 얼마 남지 않은 상황에서 가족을 만나게 된다면 의미가 없잖아요. 이미 의식이 흐리니까요. 가족도 상주 보호자를 통해 환자 소식을 들어야 하는 상황이라 힘든 시기에 함께 있어주지 못해서 죄스러워 하기도 해요.

권신영 부모의 임종을 꼭 봐야 한다고 생각하는 것이 있잖아요.

간호사 2 네. 맞아요. 저희가 "코로나19로 방문객과 면회 제한이 있습니다."라고 이야기하면 환자 가족은 임종을 못 보게 될까봐 불안감이 커져요. 그러면 임종은 예외로 두고 있지만, 이전과는 다를 수 있다고 설명을 드리죠. 실제로 임종에 관한 두려움 때문에 환자나 가족이 면회가 안 되는 요양병원 대신 저희 병동에 입원하는 경우도 적지 않거든요. 그런데 여기에서도 임종을 못 했다고 생각해보세요. 그 마음은 정말 설명할 수 없을 거예요.

임종 상담과 사별가족 지지 모임을 위한
유연한 대처

권신영 임종 상담을 대면으로 진행하신다고 들었어요. 가족 모두가 참여할 수 있나요?

간호사 3 코로나19 유행 이전에는 가족들이 많이 왔지만, 지금은 방문 제한으로 상황이 어렵다보니 주 보호자

한 분이 오면, 상담 내용을 스피커폰을 이용해서 다른 가족에게도 공유해요. 가족들은 환자가 많이 안 좋아지는 시점이 되면 병원에 와서 보기를 원하는데, 요즘은 방문객을 제한하고 있어서 그렇게 하기는 어렵다고 충분히 설명을 드려요. 그러면 가족들이 이해는 하지만, '알겠는데 우리만 해달라'라고 이야기하는 경우가 적지 않아요. 심정적으로 잘 안 되는 거죠. 가족을 기다리는 환자도, 환자를 만날 수 없는 가족도, 양쪽이 다 안타까운데, 현장에서는 감염 예방을 위해 허용할 수 없는 부분이에요. 사실은 저희 간호사들도 그러고 싶지 않죠.

권신영   코로나19가 장기화되고 있는 상황에서 환자 임종기가 다가올 때 간호사로서 느끼는 심리적 장애물이 있을까요?

간호사 3   감염에 대한 두려움이죠. 방문 제한을 지켜야 하는 이유가 환자를 위하는 것이 기본이지만, 환자를 밀접하게 간호해야 하는 저도 사실은 코로나에 취약한 거잖아요. 하루는 병실 내에 여닐곱 명이 방문한 거예요. 평소에 환자의 보호자가 저희와 우호적으로 잘 지냈고, 그래서 제 말을 충분히 이해할 거라고 생각했는데, 간호사 모르게 한 명 두 명 오다보니까 그렇게 된 거죠. 임종실로 전보한 상황이라 당시에 네 명까지 허용되기는 했지만, 몰래 규칙을 어기니까 제가 배신감도 들고 화가 나는 거예요. 그래서 저도 모르게 보호자에게 이런 말을 했어요. "환자도 중요한데 만약 우리 의료진이 코로나에 걸리면 여기에 있는 환자 못 봅니다." 정말 속마음이 확 나와버렸어요. 그러니까 보호자도 죄송해하죠. 그렇게 하고 나서 제 마음이 너무 속상하고 안 좋은 거예요. 그게 제 솔직한 심정이었어요. 여러 명 와서 병실 내에서 마스크 벗고 이야기하고 그러면 저도 위험하지만, 다른 환자나 우리 의료진, 가족도 걱정이고요. 그런데 한편으로는 환자나 보호자 입장에서 임종이 언제라고 정해지지는 않았지만, 생의 말기에 있다는 것은 알잖아요. 그럼에도 이렇게 얼굴도 못 보고, 이야기도 나눌 수 없다면, 이런 감염병 예방 수칙을 알면서도 쉽게 받아들이기도 힘들겠죠. 참 딜레마인 것 같아요.

권신영   그러게요. 이런 상황에서 가장 중요한 것은 뭐라고 생각하세요?

간호사 3   예전에는 제가 임상에서 환자를 잘 돌보면 그게 최선이라고 생각했는데, 호스피스에 와서 직접 근무를 하면서는 환자뿐 아니라 보호자도 중요하다는 생각을 많이 했어요. 환자와 의사소통은 안 되더라도 보호자를 통해서 그 부분을 채우기도 하니까요.

   사별 이후에도 가족들이 우리 사회에서 구성원으로 잘 지낼 수 있게 지지를 해주는 것 또한 간호사의 역할이라고 봐요. 특히 코로나19 상황에서는 사별가족 지지 모임이 안 되고 있어서 지난번 팀 회의에서 요즘에는 화상회의 플랫폼을 많이 사용하고 있으니까 젊은 보호자만이라도 이런 방식으로 만나면 어떨지 잠깐 이야기를 나눴어요. 장기적으로 보면 고민해볼 시기인 것 같아요.

   저도 임종이나 사별뿐 아니라 범위를 넓혀서 환자와 보호자에게 호스피스·완화의료를 어떻게 더 잘 전달하고 교육할 것인가에 대해서도 고민하고 있어요. 코로나19가 종식되면 바로 예전처럼 돌아갈

수 있다고 안일하게 생각하지 않고 비대면 교육에
대해서 고려해야 한다고 생각해요.

생의 말기에 관한 인식 변화

권신영   어떤 부분이 코로나19 대유행 이전과 크게 달라졌
나요?

간호사 4   예전에는 임종이 3주 정도 남았다고 예상되면 '가족
들 오셔서 환자분 보시라' 하고 이야기했다면, 지금
은 "직계가족 외에는 오시지 마세요."라고 이야기하
는 거요. 만약에 오려면 PCR 검사를 해야 되고, 어
느 지역에서 오는지 같은 것들을 자세하게 물어보게
되었어요. 자녀는 올 수 있지만, 형제자매들은 못 오
지요.

     그리고 임종 교육은 입원하면 바로 하고 있
어서 원래 저희가 하던 대로 못 하는 것 같아요. 코
로나19 유행 전에는 임종 전에 가족들이 오셔서 인
사하도록 했고, 임종 후에도 두 시간 정도는 머물러

도 된다고 이야기를 했는데, 현재는 처음 임종 교육
할 때부터 임종하면 바로 장례식장으로 옮겨야 한다
고 설명하고, 임종 전에 임종실로 옮겼을 때 가족들
이 두 명 정도 상주할 수 있도록 해서 미리 작별인사
를 하도록 안내하는 것들이 바뀌었어요.

권신영 병동에서 간호하는 부분은 어떠세요?

간호사 4 저희 병동 환자들에게 마스크를 쓰라고 하는 것은
너무 죄송스러워서 그렇게는 못 하고, 보호자분들은
마스크를 쓰라고 해요. 이전에는 식당에서 이 보호
자 저 보호자 모여 서로 희로애락을 나누는 시간이
있었는데, 지금은 한 칸씩 띄어 앉아 식사하도록 하
고, 식사할 때는 말씀을 못 하게 해요. 한번은 저희
가 커피를 내려서 드실 수 있게 원두커피를 준비해두
었는데 커피 내리면서 이야기를 나누는 거예요. 그
래서 환자 보호자에게 마스크 벗었을 때 말씀하시
면 안 된다고 했어요. 원래는 커피 한잔 같이 마시면
서 서로 안부를 묻거든요. 식사하실 때도 서로 반찬
을 권하기도 하고요. 그런데 이런 부분은 제재를 가
하니까 마음이 좋지 않아요.

환자들이 산책을 가고 싶어하는데 병동간 이동을 못 하게 하니까 "다른 병동 가면 안 됩니다." "저쪽 7층 끝에도 가면 안 됩니다." 그렇게 말하게 되고, 환자나 보호자는 너무 답답해서 1층에 내려갔다가 오려고 하는데 안 되느냐고 묻고, 안 되니까 저희 몰래 다녀오기도 하시고.

환자의 외출이 필요할 때, 예전에는 담당 의사의 허락을 받고 외출수속만 하고 다녀왔지만, 지금은 퇴원수속을 하고 재입원하는 형식으로 다녀와야 한다고 이야기해요. 은행 일을 봐야 하는 경우, 서류 하나만 하고 와야 된다고 하는 경우에도 은행에 미리 전화해두었다가 은행 앞에서 환자는 차 안에만 계시고 은행 직원이 환자 얼굴을 확인해서 서류 정리를 하도록 해요. 이것도 은행이 근처인 경우에만 가능해요. 너무 멀리 다녀오신다고 하는 경우에는 못 가게 하고, 환자 임종 후에 서류 정리하시도록 말씀드려요.

권신영 코로나19 대유행이 호스피스 병동에 있는 환자, 보호자 및 환자 지인들의 생의 말기에 대한 인식에 어떠한 영향을 주었다고 생각하세요?

간호사 4 '환자가 돌아가시면 바로 장례식장에 가야 한다'고 결정한 지가 한 달 정도 된 것 같아요. 그전에는 임종한 뒤 두 시간 정도 임종실에 머무를 수 있었거든요. 그런데 저희가 환자를 만나지 못한 가족이 있는지 습관적으로 묻고 하다보니 두 시간 사이에 자녀도 오고 형제도 오고 여덟 명 정도가 임종실로 오신 거예요. 그분들이 이렇게 올 수도 있냐고 말씀을 하시는데 그제야 저희도 상황을 알았어요.

평소라면 환자를 보러 와도 된다고 이야기하겠지만, 최근에는 '평소처럼 하면 우리 병원이 문을 닫을 수도 있겠구나' 하는 마음이 들더라고요. 보호자 통제를 해야겠다고 생각하고 서울에 다른 병원에 물어보니 방문객 리스트를 짜서 작성된 리스트에 있는 분들만 오게 한다고 해요. 저희 지역은 서울이나 다른 지역에 비해 확진자가 많지 않아서 좀더 유연했는데, 지금은 상주하는 보호자들은 PCR 검사를 마쳐야 하고, 잠깐 면회를 오는 보호자들은 마스크를 안 벗는 조건으로 10분 내외로 환자를 보고만

갈 수 있다고 정했어요. 4인실은 환자 한 명에 보호자 한 명 상주, 1인실로 옮길 경우 PCR 검사를 받고 오면 보호자 두 명까지 상주가 가능도록 했고, 집에 잠깐 들르고 싶다면 돌아오기에 앞서 PCR 검사를 하도록 하고 있어요. 한 분의 보호자가 계속 상주를 못 하는 경우에는 교대할 때마다 PCR 검사하고 들어오도록 하고 있어요. 시행한 지 한 달 정도 되었는데 오히려 PCR 검사를 하고 오시니까 마음은 편했어요. 우리가 관리를 이렇게 했는데도 확진자가 나오면 어쩔 수 없지만요. 다행인 건 앞서 말한 환자의 가족이 임종 때 여덟 명 방문한 뒤 2주 정도 지났는데, 확진자가 안 나왔거든요. 그래서 한편으로는 그때 그렇게 면회 시켜주길 잘했다는 생각도 들어요. 그러지 않았으면 나중에 후회했을 것 같아요.

환자 중 한 분이 외출을 할 만한 컨디션은 아니었는데 외출을 다녀온 환자가 있었어요. 마지막으로 집에 간다고 하셔서 보내드렸는데, 집에 갔다가 응급실로 돌아왔고 그날 우리 병동으로 다시 와서 돌아가셨어요. 그 환자가 집에 가서 자녀를 다 만난 줄 알았는데, 아들 한 명만 만나고 응급실에 왔다고 하더라고요. 환자 보호자가 말로는 이전에 아들이 면회를 왔는데 그때 병동 출입이 어려울 것 같아 환자 보호자가 아들을 그냥 돌려보냈다고 이야기를 하시는데 마음이 아프더라고요. '마스크 쓰고 와서 살짝 보고가도 되는데' 하는 생각에 속상했어요. 요령을 좀 가르쳐드릴걸 그랬다는 생각도 들어요. 어떤 분은 이렇게 규칙을 꼭 지키는가 하면, 어떤 분은 규칙을 말해도 어겨가면서 왔다 갔다 해요.

권신영 요즘 호스피스 간호를 제공하는 데 있어 가장 큰 어려움은 무엇인가요?

간호사 4 저희는 입원 3~4일 안에 임종 교육을 먼저 하는데, 보호자 한 명만 불러놓고 그분한테만 교육을 하다 보면 겁을 내요. 그래서 비슷한 시기 입원한 다른 환자의 보호자 서너 명을 회의실에 모셔두고 증상 간호 이야기하면서 질문하고 그러면 자신에게만 해당하는 것이 아니라고 생각하고 혼자일 때보다 재미있게 들어요. 코로나19 유행 이후 임종 교육은 질문하고 답하는 시간을 포함해서 한 시간 이내에 끝내려고 하고 있어요. 그러다보니 빠진 것도 있고 그래서 교육이 잘 이루어지는지 확신이 없어요. 그리고 저희 병동에는 말기암환자 가족들을 대상으로 통증이나 섬망 교육도 하는데 사회적 거리두기가 잘 안 되는 것 같아서 결국 대면 교육 자체를 없앴어요.

권신영 임종 상담 같은 경우에 온 가족들 다 불러놓고 했는데, 지금은 가족 중 한 분이 대표로 오거나 전화로 상담하거나 그런 경우가 있을 것 같아요.

간호사 4 저희 병원이 호스피스 보조활동인력 제도가 있는 병원은 아니어서요. 배우자가 주로 상주한다거나 형제 중 한 분이 상주하기 때문에 전화로 상담하는 경우는 별로 없었어요. 환자 상태가 나빠져도 다른 지역에 있거나 직장 생활을 하는 자녀들은 빨리 못 오기 때문에 저희가 상주 보호자를 대신해 자녀들에게 상황을 설명하려고 연락을 한 적이 있기는 하지만요. 그런데 가족분들이 워낙 지쳐서 간병인을 둘 때는 평소처럼 전화해서 설명하고 오라 해서 다시 설명하고 그랬어요.

권신영 사별가족 지지 모임을 못 하면서 어려움은 없으셨어요?

간호사 4　사별가족 관리를 할 때 단계를 나누어서 돌봄을 하잖아요. 임종 전을 슬픔을 예견하는 단계로 보고, 지금 이 시간을 잘 지내야 사별 과정을 극복하기가 쉽다는 걸 강조해서 임종 교육을 하거든요. 사별 후에는 사회복지사들이 사별가족에게 분기마다 전화를 해요. 그들의 이야기 들어주고, 엽서 보내면서 마스크도 챙겨서 보내고요. 그런데 사별가족 지지 모임이 없어서 그런지 어떤 어머니는 배우자가 돌아가시고 3개월쯤 되었을 때, 새벽 3시에 간호사실까지 전화를 했더라고요. 그때가 힘들잖아요. 밤번이었던 간호사가 한 시간 동안 이야기를 들어줬다고 해요. 저는 환자 모습을 사진과 동영상으로 찍어서 가족에게 카톡으로 보내드렸어요. 그러면 사별가족이 힘들 때 한 번씩 문자를 보내요. 저희 안부도 묻고, 동짓날에는 사진을 보내오기도 하고요.

　　　사별가족 지지 모임을 했으면 하는 마음이 커요. 전화로만 하니까 저희도 그분들이 잘 지내는지 확인이 어렵고, 그분들도 보고 싶다고 그러고. 그

래서 예전처럼 사별가족에게 식사를 대접할 수도,

얼굴 보면서 이야기를 할 수도 있었으면 좋겠어요.

3장

코로나
시대를
생각하다

세 명의 호스피스 전문 간호사 대담

박명희

현) 가톨릭대학교 서울성모병원 호스피스완화의료센터 유닛 매니저

한국호스피스·완화의료학회 보험정책이사

한국호스피스완화간호사회 부회장

윤수진

현) 동백성루카병원 간호부장

한국호스피스·완화의료학회 기획위원회 겸 교육위원회 위원

코로나19로 제약이 많은 호스피스 임상 현장에서 호스피스의 철학을 되새기며 고군분투하는 열여덟 명의 간호사와 인터뷰를 마치고, 20년 이상 호스피스 전문 간호사로 살아온 박명희 간호사와 윤수진 간호사를 만났습니다. 코로나 시대 이후 호스피스의 미래는 어떨지, 어떻게 정의되어야 할지 등 다양한 이야기를 나눴습니다.

권신영　저는 요즘 '내가 뭐 하는 사람이지?' 이런 생각을 많이 했어요. 코로나19가 딱 터지니까 제한된 상황과 환경에 맞춰 한정된 호스피스 간호를 해야 해서 참 어려웠어요. 무기력해지고.

박명희　저도 지금이 제 간호 인생에 가장 힘든 시기인 것 같아요. 딜레마에 빠지는 순간이 많아요.

권신영　선생님은 어떠세요?

윤수진　지금에 와서 생각하니 코로나19 유행 이전이었을 때는 임종을 잘 하는 것, 임종 후에 사별가족을 돌보는 것을 포함해서 호스피스에 대해 잘 몰랐던 거 같아요. 마치 공기가 사라져야 공기의 소중함을 아는 것과 같이 호스피스가 얼마나 중요한 것인지 알게 되었어요.

권신영 이번 기회에 중요성을 깨닫게 된 호스피스에 대해 선생님만의 정의를 내리신다면 뭐라고 하시겠어요?

윤수진 저는 '케어'하는 것이라고 정의할게요. 아기가 태어나면 돌보잖아요. 환자가 임종할 때도 아기 돌보듯 케어가 필요한 거예요. 그냥 상황만 다른 거죠. 우리가 갓난아기와 말이 통하지 않아도 아기가 다 알아듣는 것처럼 굉장히 소중하게 대하고 그러잖아요. 어디가 불편한지 계속 살피고, 표정도 보고, 결국에는 아기를 편안하게 해주죠. 이때 엄마가 그 아이 죽을까봐 살리려고 애쓰는 게 아니라, 그냥 보살피는 거잖아요. 호스피스도 마찬가지예요. 살고 죽고를 떠나서 편안하게 보살피는 것. 저는 그냥 '돌보다'라는 단어에 다 들어 있다고 생각해요.

권신영 선생님, 진짜 갓난아기를 살리려고 돌보는 것이 아니라는 이야기가 정말 와닿아요. 갓난아기가 칭얼대면 어디 불편한가 살피고 돌아눕히고 그러잖아요. 그런 행위 하나하나가 살고 죽고의 문제가 아닌 거지요. 박 선생님은 어떠세요?

박명희 저는 호스피스가 마지막 여정을 함께하는 것이라고 생각해요. 안개 낀 길을 헤맬 때 혼자보다는 둘이 나으니까 같이 손잡고 걸어주는 거죠. 물론 그 길이 정답인지는 모르지만, 여정 막바지에는 그가 믿는 신에게 인계해주는 것. 마지막 순간까지 동반해준다는 의미가 가장 큰 것 같아요.

권신영 동반자도 맞네요. 죽음은 누구도 경험해보지 않았고, 그 누구도 가보지 않은 길을 가는 거잖아요. 우리가 처음 가보는 여행길은 잘 몰라서 여행 안내서를 찾는 것처럼 죽음도 안내하고 함께하는 사람이 필요한 것 같아요. 호스피스는 마지막 여정에 동반자가 되어주는 건데 많은 분이 '호스피스 병동은 죽으러 가는 곳이다' '가면 해주는 게 없다' '아무것도 안 하는 곳'이라고 생각하기도 해요. 선생님들은 호스피스라는 공간을 어떤 곳이라고 설명하고 싶으신가요?

박명희 공간이요?

권신영 호스피스 병동이 될 수도 있고, 호스피스를 받는 공간일 수도 있죠.

박명희 이게 적절한 답이 될지는 모르겠는데, 포근히 안아 주는 곳이라는 느낌을 사람들도 받았으면 좋겠고, 우리도 그런 마음으로 간호를 했으면 좋겠다고 생각을 해요.

권신영 포근함을 의도적으로 접목한다고 하더라도 병원은 집보다는 불편한 곳이기는 하잖아요.

박명희 그렇죠. 하지만 흔히 병원이라고 하면, 딱딱한 집기류와 엄격한 규칙, 긴장된 분위기를 떠올려요. 호스피스 병동은 그런 곳은 아니라고 말하고 싶어요. 완전히 집과 같을 수는 없지만, 병원임에도 환자들이 집과 비슷하게 포근한 느낌을 받을 수 있도록 공간을 배치하거나 인테리어 등을 할 때 굉장히 신경을 쓰고 있어요.

권신영 네. 맞아요. 호스피스 병동은 죽음을 맞이할 때까지 함께 살아가는 곳이지요. 환자가 편안하게 아픔 없이, 신체적인 고통뿐 아니라 사회·심리적, 영적 고통 없이 살아가실 수 있게 초점을 맞추고, 하루하루 진솔하게 의미 있게 살아가는 데 목적을 두고 있잖아요. 그래서 호스피스 병동을 죽어가는 곳이 아닌, 죽어가는 그 과정에서 삶을 살아가는 곳이라고 받아들이고, 환자가 포근하다고 느끼는 게 중요하다고 생각해요. 저는 이곳에 오시는 환자들에게 "이곳에서 가족분과 잘 지낼 수 있도록 돌봐드릴게요."라는 이야기를 가장 많이 했어요. 처음 만난 환자들에게는 "이곳에 오셔서 힘드신 거 솔직하게 말씀해주셔야 저희가 잘 돌봐드릴 수 있습니다."라고 말했고요. 그리고 생각해보니 "이곳에서 가족과 정말 편안하게 포근한 집처럼 잘 지내실 수 있었으면 좋겠어요."라는 이야기도 많이 했네요. 어떻게 보면 침상이 안방이고 그 옆에 보호자 침대는 안방 옆에 있는 거실일 수도 있다고 생각해요.

윤수진 저는 아까 '공간'이라는 이야기를 했을 때 딱 우리 할머니 돌아가셨을 때가 떠올랐어요. 3년 전에 103세로 집에서 돌아가셨어요. 할머니는 본인이 곡기를 끊더라도 절대 병원에 데리고 가지 말라고 했어요. 노환이시라 원하는 곳에 머무는 게 좋겠다고 생각했고, 제가 병원에서 명색이 호스피스를 하는 간호사인데 우리 할머니 돌아가실 때 돌봄을 제공하지 않으면 안 되겠다 해서 휴가를 받아서 할머니 댁으로 갔어요. 오래된 시골집이라 집이 조금 나지막했어요. 할머니는 방에 얇은 보료 같은 것을 깔아놓고 그 위에 조그맣게 누워 있었죠. 창문은 창호지를 바른 창이었고, 밖에서는 박새 소리가 나고, 거의 23시간을 주무시는 할머니가 가끔 눈만 감았다 떴다 했는데, 방이 아주 따뜻했어요. 저는 그 어둑어둑하지만 따뜻했던 그때 그 방 분위기가 너무 편안했어요.

권신영 말하자면 가정형 호스피스 받을 수 있는 공간이었네요. 가정형 호스피스는 가정에서 지내기를 원하는 말기 환자와 가족에게 호스피스 팀이 가정으로 방문하여 서비스를 제공하는 거잖아요.

윤수진 네. 할머니랑 함께 보냈던 그 공간을 생각하면서 환자 가족들이 마지막을 가정에서 이렇게 같이하는 거구나 생각했어요. 저도 병원에 속한 사람이라 새로운 경험이었죠. 그리고 가능하다면 그게 집이든 병원이든 상관없이 임종의 순간을 가족들과 편안한 공간에서 보낸다면 좋겠다고 생각했어요.

권신영 두 분 모두 임종의 순간을 많이 보았는데, 삶의 마지막 순간, 죽음을 어떻게 설명해주세요? 환자나 환자 가족이 임종의 순간은 어떻게 되는지 솔직하고 구체적으로 듣고 싶어하면 호스피스 전문 간호사로서 이 무거운 순간을 어떻게 이야기해주셨나요?

박명희 저는 임종의 순간이 긴 터널, 깜깜한 긴 터널이라고 표현해요. 어떤 사람은 그 터널을 짧게, 어떤 사람은 꽤 길게, 그 터널을 통과한다고요. 빛을 향해 나아가고 빛을 넘어가는 순간이라고 표현을 했어요. 지금은 어두컴컴한 터널에 있지만, 분명히 빛을 향해서 나아갈 거고 빛 속으로 나가면 편안해질 거라는 이야기를 많이 해줬던 것 같아요.

권신영 빛을 이야기하셨는데, 신자는 이해할 수 있지만 종교가 없는 환자나 가족이 그 빛을 이해할 수 있을까요?

박명희 보통 가족들이 이 시기에 환자가 굉장히 힘들 거라고 생각하잖아요. 환자가 표현하지 못하고 손을 허우적거리고 신음을 내니까 이게 육체적 고통으로도 느껴지고, 그걸 지켜보는 가족에게도 고통으로 다가오죠. 그래서 가족들에게 "환자 곁에서 고통스러워하고 울기보다, 환자 혼자 언제 끝날지도 모르는 깜깜한 곳에서 터널을 혼자서 걸어가고 있을지 모르니 환자가 두렵고 무섭지 않도록 가족들이 환자 곁에서 괜찮다고 계속 쓰다듬어주세요. 하지만 터널은 언젠 가는 끝나고 터널의 끝으로 가면 아주 희미하게 시작해 문처럼 밝아지는 빛이 올 겁니다." 하고 자주 이 야기 했던 것 같아요. 터널의 어두움과 빛은 대비되 는 개념이니까 종교적 믿음이 없어도 이해할 수 있 다고 생각했고, 가족도 그 순간을 고통스럽고 두렵 게 보기보다 환자를 도와 함께 지나는 시간으로 받 아들일 것 같았고요.

권신영 그러면 그 터널을 지나가는 순간들에 환자가 신음을 내거나 힘들어서 손을 허우적거리거나 가래가 끓는 등 이러한 증상과 증후가 나타난다고도 설명해주셨 겠네요.

박명희 네, 임종 상담 때 가족이 너무 놀라지 않도록 최대한 자세히 설명드려요.

윤수진 저는 할머니 임종기를 이야기하게 되는데, 아무래도 우리가 병동 이야기는 서로 잘 아니까요. 저와 할머 니랑 있었던 마지막은 어땠냐면, 그때가 임종하기 이틀 전인데, 섬망이 심했고, 불안정했어요. 이전까지 할머니는 계속 누워 있었거든요. 그런데 그날은 할머니가 눈을 뜨고 안절부절못하고 있었죠. 저도 덩달아 안절부절못하는 거예요. 임상 현장에 그렇게 있었는데도요. 할머니가 뭐라고 막 그러는데, 못 알아듣겠더라고요. 그래서 글씨를 쓰게 했더니 '양말'이라고 쓰는 것 같아서 제가 '양말'이냐고 물었죠. 그렇게 간단하게 소통이 되었다고 생각했어요. 그런데 이 양말도 저 양말도 다 아닌 거예요. 그래서 그냥 아무 양말을 신겼더니, 아니라고 발을 땅에 툭툭 치더라고요. 다시 벗겼는데, 그래도 원하는 게 '양말'인 거예요. 알고보니 '버선'을 신기라는 뜻이었어요. 버선을 신겨드리니 맞다고 해요. 그런데 원하는 게 또 있었어요. 의사소통을 한참 동안 해서 알게 된 건 옷을 가져오라는 거였어요. 어렵게 해서 건넌방에 있는 문갑에서 간신히 뭘 가지고 왔죠. 그 옷이 뭐였냐면 할머니 하면 생각나는 한복이에요. 보라색 저고리에 남색 치마. 할머니가 평상시에도 입던 거였는데, 특히 설날이거나 손님들이 오실 때는 그 옷을 입고 있었거든요.

권신영 할머니께서는 임종하기 전에 본인이 입을 옷들을 다 생각하신 거고, 그걸 최선을 다해서 표현한 거네요.

윤수진 그 옷은 할머니가 제일 자주 입은 거거든요. 우리가 환자 가족에게 혹시 준비가 되어 있으면 환자가 돌아가실 때 입을 옷을 가지고 오시라고 하잖아요. 그 옷이 할머니가 입혀달라고 한 옷이었죠. 저는 할머니가 잠이 든 사진을 찍어놓은 게 있어요. 그날은 할머니가 참 평화로워 보여서 그 사진을 찍었어요. 사실 살이 너무 빠지고 변해서 내가 아는 건강한 할머니의 모습은 아니었어요. 그래도 할머니의 편안한 그 모습이 큰 위안이 되었죠.

권신영 두 분 모두 오랜 시간 호스피스 전문 간호사로서 살아오셨는데, 많은 환자의 임종을 경험하면서 어떤 생각을 하시나요? 저는 환자들의 임종을 경험하면서 늘 지금, 이 순간이 가장 소중한 시간이라고 생각하게 되는 것 같아요.

윤수진 음, 저는 자신의 마음을 가족에게 다 표현하고, 가족도 환자에게 하고 싶은 이야기를 다 남기고, 사전에 준비해서 떠나는 게 좋은 임종이라고 생각했어요. 요즘에는 준비가 되지 않은 임종도 잘못된 임종은 아니라고 생각해요. 죽음을 모두 준비하고 떠날 수 없지만, 그 마지막 순간만큼은 편안하게 가셨으면 좋겠다는 마음이에요. 그냥 그 사람을 그대로 받아주는 것이 중요한 거죠.

박명희 호스피스를 하면 할수록 죽음은 두렵고 힘든 것 같아요. 아무리 준비해도 두려운 것.

권신영 죽음을 앞둔 환자의 입장에서요? 아니면 환자를 돌보는 간호사의 입장에서요?

박명희 호스피스를 제공하는 간호사 입장에서도 그렇고, 환자 입장에서도 그래요. 제가 호스피스 간호사로 일하던 초기에 환자가 죽음을 편안하게 받아들이게 하는 것이 되게 중요하다고 생각했고, 그렇게 할 수 있고 하고 있다고 생각했는데, 20년이 넘은 최근에 드는 생각은 그럼에도 불구하고 죽음이라는 것은 정말 굉장히 힘든 거구나 싶어요.

권신영 저도 호스피스 전문 간호사로 19년 정도 일을 하면서 그 생각을 했거든요. 좋은 죽음, 준비된 죽음을 맞이할 수 있도록 해드리는 것이 호스피스라고 생각했는데, 그 어떤 죽음도 좋은 죽음이라고 이야기하기에는 어려운 것 같아요. 8년 전에 저희 아버지가 돌아가실 때 제가 호스피스 전문 간호사로 일을 하고 있었기 때문에, 잘 보내드릴 수 있을 거라고 생각했어요. 그런데 가족 입장이 되니까 잘 모르겠더라고요. 제가 일반인 같았어요. 뇌혈관 질환으로 쓰러지셨는데, 마지막 임종 과정은 말기암환자와 같았지만, 돌아가실 것 같은 순간을 두 번 넘겼는데, 그게 말기암환자와 다른 점이더라고요. 점점 갈수록 죽음이 어려워요. 호스피스에서 임종 당시에 환자를 잘 보내드린 것 같지만, 사별가족들이 지지 모임에 와서 이야기하는 아쉬움이나 슬픔 같은 어려운 속내를 듣다보면, 호스피스가 어려워지더라고요. 죽음을 많이 목도하면서 죽음이라는 것을 '하늘나라에 가는 것'이라고 이야기하기가 어려워졌어요.

박명희　저도 호스피스를 하면서 나름 환자 곁에서 편안하게 잘 도와줬다는 생각이 한동안은 강했던 것 같아요. 자신을 그렇게 위로하고 싶었고, 그런 긍정적인 보람을 찾아야지 지치지 않고 이 일을 할 수 있으니까요. 우리 병동 간호사들에게 그래도 우리가 있었기 때문에 환자가 이전보다 편안하게 임종하셨다, 이런 이야기를 하고 환자 가족들이 병동을 떠날 때 고맙다고 하고 가시지만 가슴 한편에 아린 마음이 있어요. 제가 나이 들고 있어서 그런지, 죽음이 조금 더 실질적으로 다가와서 그런 게 아닌가 싶기도 해요. 간호사로 수많은 죽음을 봤지만, 한 발 떨어져서 봤기에 죽음을 객관화할 수 있었는데, 이제는 뭔가 더 제 일이라는 생각이 들어요.

권신영 예전에는 환자를 돕는 입장이라고 생각했는데, 점점 우리 부모님도 나이가 들고, 우리도 나이 먹어가고 있음을 느끼잖아요. 남의 이야기가 아닌 우리 부모님의 이야기, 곧 다가올 나의 이야기로 생각하게 되는 거죠.

윤수진 저는 BMT(조혈모세포이식) 병동에서 호스피스 서비스를 못 받고 임종한 환자들을 많이 봤어요. 그 경험이 호스피스 전문 간호사를 하게 된 동기인데, 정말 마음이 아팠어요. 조혈모세포이식을 하는 환자들이니까 환자들이 살려고 하는 거잖아요. 고용량의 항암제도 쓰고요. 환자와 가족은 이식만 하면 살 수 있다고 생각했는데, 면역력이 떨어지고 컨디션이 급격하게 안 좋아지면서 패혈증으로 임종하기도 했어요. 보통 이때는 마지막 말도 못 하고, 아무것도 준비가 되어 있지 않은 채로 떠나는 거예요.

권신영 네, 저도 출혈이 있는 환자 봤는데, 목 안에서 꿀렁꿀렁 소리가 나더니 피를 토하고 갑자기 숨을 안 쉬더라고요. 얼굴이 하얗게 되는 게 순식간이어서 정말 놀랐어요.

윤수진 조혈모세포이식실은 1인실이잖아요. 면회도 할 수 없고, 아무것도 안 돼요. 매일 바라보는 건 마스크 쓰고 있는 간호사 눈이고, 유리창 밖에서 환자 병실을 무슨 원숭이 바라보듯 이야기해야 하고, 환자는 일정 기간 이 힘든 과정을 버텨야 하니 우울증 같은 정신건강의학과적 문제도 생겨요. '이렇게 죽으면 안 되는데' '이거는 정말 아니다' 같은 생각을 많이 했죠. 그래서 소중한 사람을 만나고 감정 표현도 하고, 외롭지 않게 죽음을 준비할 수 있는 호스피스가 말기암환자에게 선택지가 되는 건 정말 중요한 일이라고 생각해요. 그래서 코로나19가 유행으로 여러 가지 제한적인 상황이 생기는 게 더욱 마음 아프고요.

권신영 호스피스 병동 환자들이 마지막 인사를 하고 갈 수 있다고 하지만, 그렇다고 매순간 좋은 임종을 하셨다고 말하기는 어렵잖아요. 마음 아팠거나 잊히지 않는 임종의 순간이 있으세요?

윤수진 중년 여성 환자가 있었어요. 아들이 유치원 다닐 때 집을 나왔는데, 아들이 장성해서 엄마를 찾은 거예요. 아들이 엄마를 만나고 싶어했지만, 엄마가 싫다고 해서 아들이 더 이상 엄마를 안 찾았어요. 환자가 임종하기 전에 의식이 있을 때 아들을 찾아야 되는데 환자가 싫다고 했어요. 그런데 환자가 컨디션이 나빠지면서 마음이 변해서 아들을 찾아달라고 하는데, 그때는 아들을 찾을 수가 없는 거예요. 왜냐하면 직계가족이 아니면 개인정보보호 때문에 주소 공개를 안 해주는데, 의식이 일정하지 않았거든요. 직계가족이 아닌 경우 가족을 찾아주는 건 6·25전쟁 전사자 외에는 안 돼요. 환자에게 이 상황을 설명했지만, 그 상황을 이해할 만한 의식 상황이 아니라 계속 아들 이름만 부르는 거예요. 꽤 오래 희미한 의식 속에서 그렇게 아들 이름을 불렀는데, 환자가 돌아가실 때까지 재혼한 남편이 옆에 있었어요. 그 상황을 굉장히 힘들어했죠. 저희가 남편을 옆에서 지지해주면서 끝까지 지킬 수 있도록 도왔어요.

권신영 아들을 많이 기다리셨나봐요.

윤수진 턱까지 차오르는 숨을 몰아쉬면서 기다렸어요. 그날도 혈압이 잘 안 잡히고, 맥박도 잘 안 잡혀서 제가 환자 병실에 갔어요. 환자가 정말 힘들게 숨을 쉬고 있고, 남편은 이 상황을 지키고 있어야 하는지 묻고, 제가 환자 곁으로 가서 환자의 머리를 만졌는데, 눈을 딱 뜬 거예요. 저도 순간적으로 놀랐지만, 환자에게 그 순간 뭐라고 말을 해야 할 것 같더라고요. 그래서 아들 이름을 말하면서 "분명히 여기 올 거예요. 그런데 시간을 못 맞출 것 같아요. 엄마가 어떻게 갔는지, 얼마나 찾고 보고 싶어했는지 전해줄게요. 걱정하지 말고 이제 편히 가세요."라고 말했어요. 그게 끝이었어요. 그대로 저를 바라보면서 호흡이 멈추고 눈을 뜬 채로 가셨어요. 그 상태로 동공이 그대로 열리더라고요.

권신영 마지막 에너지를 다 쏟았네요.

윤수진 저는 진짜 그때 그 이야기를 하길 잘했다는 생각도 했지만, 겁이 났어요. 돌아가신 분께 지킬 수 없는 약속을 해버렸으니까요. 그러고 4개월인가 지났는데, 제가 쉬는 날이었거든요. 아들이 왔다고 병원에서 연락이 온 거예요. 씻지도 않고, 모자 눌러 쓰고 병원에 막 뛰어갔어요. 이름을 물었는데, 맞는다고 해서 제가 그 자리에서 그분을 붙잡고 엉엉 울었어요. 이런 날이 올 거라고 상상도 못 했다고 하면서. 어머니 돌아가신 건 매년 연말정산 때문에 가족관계증명서를 떼다가 알게 된 거죠. 직계가족이라 사망진단서에 사망 장소가 나오고, 그 장소가 의료 기관이라고 해서 무작정 왔다고 하더라고요. 어떻게 돌아가셨는지 궁금해서 왔다고 해서, 다 이야기를 해주었어요. 돌아가실 때까지 아들 이름 부르고 눈을 못 감았고, 정말 너무너무 힘든 호흡을 하면서도 아들 보고 싶어서 못 가고 계셨다고 말했어요. 제가 아들이 꼭 찾아올 거고 찾아오면 꼭 미안하다는 말 전한다고 약속했는데, 이렇게 와준 게 정말 감사하다고 했죠. 아들은 제 이야기 들으면서 그냥 눈물만 흘리고 있었어요. 그러다가 자기가 직장 취직을 했을 때 엄마를 찾았는데, 자기를 안 보고 싶다고 해서 굉장히 그리워하면서도 원망하고 살았다고. 그 환자와 가족이 제일 기억에 남아요.

권신영　코로나19 유행으로 호스피스 현장의 많은 것들이 변했잖아요. 감염에 대한 두려움 때문에 호스피스 간호가 수동적으로 바뀌기도 하고, 가족들이 함께 환자 곁을 지킬 수 없고, 상담이나 교육, 사별가족 지지 모임 등 대면해야 하는 많은 부분이 제한되고 있어요.

윤수진　그래서 많은 호스피스 의료진이 환경과 돌봄, 본질에 대해서 다시 생각하는 시기인 것 같아요.

권신영　맞아요. 코로나19로 인해 우리가 소중하게 생각해온 호스피스 간호가 무엇인지 다시 깊게 생각해보게 되더라고요.

윤수진　코로나19가 발생하기 이전에는 이런 제한된 상황을 누구도 생각하지 못했잖아요. 자원봉사자와 성직자의 방문, 환자가 소중한 사람들 곁에서 임종하는 것, 환자 임종 후 사별가족을 돌보는 것 등이 어떤 의미인지 알았지만, 실감하지 못하고 있었죠. 다학제적으로 구성한 호스피스 팀의 손길이 얼마나 중요한지도 몰랐을 거예요.

박명희 요즘 지켜야 할 방역 수칙과 호스피스의 지향점이 달라서 의료진이 많이 힘들죠. 늘 호스피스는 환자와 가족에게 마지막 과정이 중요하다고 해왔는데, 간병은 가족 중 한 명이 담당할 수 있고, 임종 시에는 직계가족만 올 수 있다는 등 환자와 가족이 만나는 것을 방해하는 쪽으로 이야기해야 하니 마음이 편하지 않아요. 물론 그럼에도 중요한 관계가 끊어지지 않도록 노력하고 있지만, 이 시기를 경험한 가족과 아직 경력이 많지 않은 호스피스 의료진이 이것이 호스피스 서비스라고 생각하게 될까봐 걱정스러워요.

윤수진 마지막 과정에서 의료진이 대신 할 수 없는 가족의 역할이 있잖아요.

박명희 맞아요.

윤수진 환자들이 원하는 것은 우리가 아니에요. 다시는 못 본다는 절절한 슬픔과 애끊는 마음으로 소중한 사람이 만지는 것과 어떻게 에너지가 같겠어요. 의료진은 환자가 편안하게 지낼 수 있게 돕는 사람이죠. 임종 과정에서 환자들이 원하는 것은 살면서 소중했던 사람들의 사랑이에요. 아무리 친밀하게 지낸 간호사라고 하더라도, 그 간호사가 곁에서 잘 가세요, 하는 것과는 다를 거예요. 코로나19 유행 이전에는 가능하다면 임종 전에 보고 싶은 가족과 친지 등 모두 함께한다는 것이 당연했잖아요. 솔직히 말하면 저는 방문 제한을 강화해야 한다는 입장이었어요. 하지만 다른 팀원들은 방문 제한을 더 강화하면 마지막 과정이 중요한 호스피스의 정신과 맞지 않는다고, 그런 일은 상상할 수 없다고 해서, 방문 제한은 하지만 가족들을 다 볼 수 있게 방법을 찾았죠. 당시 방역 수칙에서는 직계존속인지 직계비속인지 등을 따졌고, 임종실에 동시에 들어갈 수 없었어요. 그런데 저희는 임종 전에 교대로 다섯 명씩 들어갈 수 있게 했어요.

권신영   코로나19가 딱 터지고 자원봉사자, 성직자와 요법치료사의 방문이 막히는 상황들이 되니까 일반 병동하고 호스피스 병동하고 뭐가 다른지를 생각했죠. 그냥 일반 병동보다 병상 수가 적은 상황에서 환자를 돌보는 거예요. 사회적 거리두기가 조금씩 풀리고, 성직자 방문과 요법치료는 열었지만, 접촉은 최대한 줄인 채 형식적인 것만 하는 기분이라 예전이 그리웠어요. 해야 할 것도 많고, 신경 써야 할 것도 많아서 힘들었지만요. 이렇게 환경이 바뀌니까 호스피스 철학과 정체성도 흔들리는 게 굉장히 씁쓸했어요. 코로나19가 종식되면 호스피스가 회복될까, 다시 예전처럼 돌아갈 수 있을까, 이런 것들이 숙제처럼 남은 것 같아요. 우리 호스피스의 미래는 무엇인가, 호스피스 안에서 지키고자 하는 인간의 존엄은 무엇인가 계속 고민하게 돼요.

박명희   저는 이 시기에 마음이 무디어지는 것이 제일 걱정이에요. 요즘에 저도 마음이 무디어지지 않도록 기도를 하고 있어요. 20년 넘게 호스피스 전문 간호사로 일하며 내 호스피스의 철학은 흔들리지 않는다고 자부하던 저조차 최근에는 '나는 뭘 하는 사람이지?' '나는 왜 존재하고 있지?' '호스피스가 뭐가 필요해?' 이런 생각이 들 정도니까요.

권신영 신규 간호사나 호스피스 경험 없이 호스피스 병동으로 배치 받은 간호사들이 코로나 시대의 호스피스 간호를 경험하고, 그게 호스피스 간호라고 쉽게 생각할까봐 마음이 쓰였어요. 대면으로 진행되어야 할 호스피스·완화의료 표준교육과 실습이 비대면 교육과 실습으로 대체되기도 하니까요. 이전 실습 교육에서는 호스피스 전문 기관으로 지정받은 입원형 호스피스 현장에 가서 환자와 가족에게 호스피스 케어를 제공하는 모습을 관찰할 수 있었고 호스피스 관련 프로그램 및 호스피스 팀 회의에도 참석할 수 있었잖아요. 요즘 비대면 표준교육과 실습을 받고 현장에 투입된 신규 간호사는 호스피스 병동에 적응하기 어려울 것 같아요.

박명희 음, 그래서 저는 호스피스 본질을 바탕으로 지금 상황에 맞춰 고민할 것들을 후배 간호사들에게 구체적으로 이야기해요. 예를 들면 "지금 여러 제약이 있으므로 우리 간호사들이 환자의 변화를 빨리 파악하고, 가족에게 더 상세하게 전달해줘서 정말 중요한 순간에 만날 수 있게 해주자. 이전에는 미리미리 만날 수 있도록 도왔지만, 지금은 그렇게 하기 어려우니 우리가 더 집중하고 정말 노력해야 한다." 같은 말을 하죠.

권신영 맞아요. 코로나 이전에는 환자 컨디션의 변화에 맞추어 수시로 환자 가족들을 병동에 모이게 해서 설명해주고 환자의 상태에 대해서 교육하고 했는데, 요즘은 가족이 병동에 바로 못 들어오니까 간호사들이 급변하는 상황을 놓치지 않고, 가족들에게 안내해야 해서 간호사의 역할이 더 중요해졌죠.

지금 호스피스를 시작하는 간호사가 있다고 하면 어떤 이야기를 해주실 것 같아요? 어떤 호스피스 전문 간호사가 되어야 하는지 질문하면 어떻게 말씀해주겠어요?

박명희 저는 우리 신규 간호사나 호스피스 병동에서 처음 근무하는 간호사들과 면담할 때 환자 한 명 한 명과의 경험을 그냥 흘려보내지 말라고 해요. 지금은 아무엇도 못 한다고 생각할 수 있지만, 환자를 간호했던 경험이 나중에 좋은 밑거름이 될 테니, 계속 곱씹으면서 생각하라고요. 임종이 임박한 환자가 가래가 있으면 '가래가 많네' 정도로 넘기지 말고 '이 환자는 가래소리가 어땠지?' '이 환자는 가족이랑 어떻게 보냈지?' 같은 것들을 떠올린다면 분명히 좋은 호스피스 전문 간호사가 될 거라고 이야기해요.

권신영 환자를 간호하고 떠나보내면서 성찰하는 게 좋지만, 어떤 간호사는 임종한 환자를 생각해보는 것조차 힘들어하기도 해요. 환자에게 잘해주고 싶었지만, 내 마음이 슬퍼서 환자를 외면했던 적도 있을 수 있고요. 매일 상실을 경험하니까 그게 소진으로도 이어질 수도 있을 텐데요.

박명희 힘들게 돌아가신 환자가 우리와 함께 한 여정이 없었으면 훨씬 더 힘들게 이 시간을 보냈을 거다, 그렇기 때문에 성찰할 때 그 부분을 잊지 않았으면 좋겠다고 이야기를 해요.

권신영 저도 자신에 대한 성찰, 반성적 태도가 환자의 요구를 민감하게 잘 파악할 수 있는 간호사가 되기 위한 태도라고 생각해요. 그리고 성찰을 해야 결국 상실감이나 소진으로부터 벗어나 치유될 수 있다고 생각하고요. 윤 선생님은 어떠세요?

윤수진 호스피스가 이제는 건강보험 적용을 받잖아요. 그렇게 법 테두리 안에 들어오면서 예전보다 형식적인 요소들도 많아졌고, 단순히 봉사하는 게 아니게 되었어요. 그렇게 때문에 오히려 호스피스의 본질은 '돌봄'에 있다는 것을 잊지 않고, 또 하나의 의료로서 나아가는 게 필요하다는 생각이 들어요. 3교대 간호사만큼 환자 곁에서 환자 간호를 제대로 하는 사람이 없잖아요. 낮이나 밤이나 환자와 눈 맞춤하고, 이야기하니까 환자의 일상에 저희는 굉장히 가까워져요. 이런 환경적인 배경을 기반으로 호스피스 전문 간호사로서 전문성을 가져야 해요. 교과서에서 본 것처럼 다학제 팀 운영에 있어서도 적극적으로 나서야 한다고 생각하고요. 호스피스 1세대라고 할 수 있는 훌륭한 간호사들이 있었고, 그 후에 저희 세대가 열심히 하고 있고, 이제는 다음 세대가 호스피스를 이끌 수 있도록 해줘야 한다고 생각해요.

권신영 저도 병원을 퇴직할 때 저와 같은 역할을 할 수 있는 간호사가 있어야 할 거라는 생각을 했어요. 선생님이 호스피스는 '케어'라고 이야기한 것처럼 그 마음가짐을 이어가줄 호스피스 전문 간호사요. 코로나 시대에 환자와 가족을 돌보는 게 쉽지 않고, 저희가 보기에 아쉬운 점도 있을 수 있지만, 그래도 지금 상황에서도 최선의 방법을 찾아가고 있음을 확인해서 굉장히 위안이 되었어요.

코로나 시대에 매일 코로나 확진자 발생 현황과 사망자 수를 접하며 예전보다는 '죽음'이라는 주제를 쉽게 접하게 되었습니다. 누군가는 코로나19와 사투를 벌이며 홀로 외롭게 죽음을 맞아야 했고, 그렇게 가족을 떠나보낸 유가족들은 마지막을 함께할 수 없는 상황이었음에도 고인을 돌보지 못한 죄책감과 그리움으로 고통스러워하고 있습니다.

코로나19는 삶을 살아가는 우리의 태도와 죽음을 대하는 방식에 많은 변화를 가져왔습니다. 이 시대에 호스피스 전문 간호사로서 지키고자 하는 것은 생의 말기에 있는 환자들이 인간적으로 대우받고 존엄성을 유지하면서 남은 삶 동안 의미 있게 살다가 평안한 임종을 하도록 돕는 것입니다. 코로나19라는 사상 초유의 감염병으로 인해 환경의 제약이 있지만, 호스피스 병동에서 근무하는 간호사라면, 환자의 컨디션 변화를 주의 깊게 살펴서 환자가 마지막 과정에 가족과 인사할 수 있도록 노력해야 합니다. 환자가 떠나면 가족에게도 따뜻한 위로를 건네며, 그들이 마음에 담아온 응어리를 풀 수 있도록 도와야 합니다.

마지막 순간까지 말기암환자와 가족을 간호할 수 있다는 것은 호스피스 간호사가 누릴 수 있는 특권이라고 생각합니다.

참고문헌

국립암센터, 중앙호스피스센터. 〈호스피스 전문 기관 서비스 제공 안내 (6판)〉, 2021.

보건복지부, 〈2015년 7월부터 호스피스 건강보험 수가 전면 적용 보도자료〉, 2015.

질병관리청, 코로나바이러스감염증-19(COVID-19) 사이트(ncov.mohw.go.kr).

Kwon S, Choi S. *Experiences of Hospice and Palliative Nurses in Response to the COVID-19 Pandemic: A Qualitative Study.* Journal of Hospice and Palliative Care, 2021.

Oken M. M., Creech R. H., Tormey D. C., Horton J., Davis T. E., McFadden E. T., Carbone P. P.. *Toxicity and response criteria of the Eastern Cooperative Oncology Group.* American Journal of Clinical Oncology, 1982.

그래도 마지막까지 삶을 산다는 것

간호사들이 말하는 코로나 시대의 호스피스 병동

1판 1쇄 펴냄 2022년 4월 11일

지은이 권신영
그림 최인호
펴낸이 김경태
편집 홍경화 성준근 남슬기 한홍비
디자인 김리영 / 박정영 김재현
마케팅 전민영 서승아
경영관리 곽근호
펴낸곳 (주)출판사 클
출판등록 2012년 1월 5일 제311-2012-02호
주소 03385 서울시 은평구 연서로26길 25-6
전화 070-4176-4680
팩스 02-354-4680
이메일 bookkl@bookkl.com
ISBN 979-11-90555-95-1 03810